Carina Simon
Maßgeschneiderte Morde

AF146088

HML-MEDIA
EDITION

Über das Buch:

Norddeutschland, flach und friedlich? Von wegen! Überall schlummert das Verbrechen. In 21 Kurzkrimis ist man bis zum überraschenden Ende dabei. Mord im Moor oder ein Toter an der Leine. Goldrausch in Lüneburg und der letzte Sonnenuntergang auf Sylt: Immer fühlen sich die Täter mordsmäßig clever. Wenn dann die perfekten Pläne doch schief gehen, kommt es zu bösen Überraschungen. Der Leser darf schmunzeln.

Als Zugabe bekommen die Leser am Schluss des Buches noch Einblick in Carina Simons Arbeit an einem Regionalkrimi. Von der ersten Idee bis zur Schlusspointe zeigt sie, wie so ein Regionalkrimi entsteht.

Über die Autorin:

Carina Simon arbeitet seit Jahren als freie Autorin in Hamburg. Sie hat viele Kurzgeschichten und Krimis in Zeitschriften veröffentlicht. Die Krimis aus diesem Buch entstammen diesen Veröffentlichung und wurden gründlich überarbeitet, damit sie den verdienten Raum bekommen.

Ihre Krimikost liegt nie schwer im Magen, ein Augenzwinkern ist immer dabei. Als erfahrene Autorin für diverse Zeitungen und Zeitschriften versteht sie ihr Handwerk und weiß, wie man die Leser packt.

Carina Simon

Maßgeschneiderte Morde

Krimis aus Norddeutschland

Bibliografische Information der Deutschen Nationalbibliothek:
Die Deutsche Nationalbibliothek verzeichnet diese Publikation in der
Deutschen Nationalbibliografie; detaillierte bibliografische Daten sind
im Internet über http://dnb.dnb.de abrufbar.

Impressum
1. Printauflage | Januar 2016
1.Digitalauflage| Juni2013
Copyright ©2013 Autorin
Verantwortlich für den Inhalt:
Literarische Agentur HML-Media Nürnberg
Siemensstraße 47, D-90459 Nürnberg
www.hmlmedia.de
Cover©2016 Carina Simon
Satz und Layout: Christof Hallberg
Nachdruck, auch auszugsweise verboten!
Lizenzvergabe auf Anfrage.
Alle Rechte vorbehalten!

Herstellung und Verlag: BoD – Books on Demand, Norderstedt
Dieses Buch ist auch als E-Book bei Kindle Amazon erhältlich

ISBN: 9783739231754

Inhaltsverzeichnis

Mordsmäßig clever

Lüneburger Heide

Konrads erster Urlaubstag in Undeloh verlief genau nach Plan. Seine Mutter Mechthild saß neben ihm. Ganz vorn, gleich hinter dem Kutscher und den dampfenden Pferdehintern.

Die Kutschfahrt führte durch die Lüneburger Heide, Richtung Wilsede.

Konrad nahm die malerische Heidelandschaft kaum wahr. Immer wieder holten ihn seine düsteren Gedanken ein. Angespannt bohrten sich seine Fingernägel in die Handflächen. Dabei gab es für ihn gar keinen Grund, aufgeregt zu sein. Eigentlich konnte er völlig entspannt Wacholderbüsche und Heidschnucken betrachten.

Warum nur wollte es ihm nicht gelingen, die letzten Stunden mit seiner Mutter locker zu verbringen? Auf jeden Fall war es wichtig, nach außen hin ruhig und gelassen zu wirken. Die übrigen Leute auf der Kutsche durften keinen Verdacht schöpfen. Also atmete Konrad tief durch und stellte sich seine Zukunft vor. Ein Leben in Freiheit. Ein Dasein ohne die gängelnde Hand seiner Mutter.

Noch saß sie neben ihm, aber nicht mehr lange! Konrad rieb sich insgeheim die Hände und freute sich auf Mechthilds Eigentumswohnung, die er erben würde. Hinzu kam ein kleines Vermögen. Nur noch wenige Stunden würde er den süßlichen Duft von Mutters Parfüm ertragen müssen. Und ihre schnaufenden Atemzüge sollten auch bald Geschichte sein. Alles war bestens durchdacht, sein Plan ausgefeilt bis ins kleinste Detail. Vor Aufregung bekam er Schluckauf.

„Was ist denn los Konrad", wollte seine Mutter wissen, „geht es dir nicht gut?" Ihr Busen wogte, sie genoss sichtlich die schaukelnde Fahrt.

„Nichts ist los, hicks, ich weiß auch nicht, hicks, wo her das kommt."

Der dicke Bayer, direkt gegenüber von Konrad, grinste wissend.

„Hast wohl gestern zu tief ins Glas geschaut, was?", grunzte er. Sein Bierbauch ließ vermuten, dass er wusste, wovon er sprach.

„Mein Sohn trinkt keinen Alkohol", wies Mechthild den Mann in die Schranken. Der lachte nur und zog einen Flachmann aus der Tasche.

„Würde ihm aber bestimmt gut tun!", meinte er, „Heideschnaps, bester Wacholder, nimm mal einen Schluck!"

Konrad lehnte dankend ab.

„Was fällt Ihnen ein, ich habe doch gesagt, er trinkt nicht!"

„War doch nur nett gemeint", versuchte der Mann sie zu beschwichtigen. Aber Mechthild geriet in Rage.

„Mein Sohn ist Filialleiter in einer Sparkasse", sagte sie wichtigtuerisch und Konrad zog die Schultern hoch. Er kannte das. Jetzt folgte die gesamte Litanei ihrer Familiengeschichte. Mechthild ließ nichts aus. Konrad versuchte den Ton auszublenden, aber die schneidende Stimme seiner Mutter war nicht zu überhören.

„Ich habe ihn allein groß gezogen, meinen Konrad. Die höhere Schule hat er besucht, bald wird er dreißig. Mit meiner Hände Arbeit ist er was geworden. Ich habe alles getan." Sie streckte die roten Handflächen vor, Konrad wandte sich ab. Nie wieder wollte er diese peinlichen Szenen miterleben. Seit einem Jahr schon arbeitete er an seinem Mordplan. Alle Berichte in der Zeitung über Mordfälle hatte er studiert und sogar ein paar Krimis gekauft. Er wollte seine Mutter auf elegante Art loswerden. Auf keinen Fall sollte Blut fließen, Konrad konnte kein Blut sehen. Und schon gar nicht das Blut seiner Mutter.

Außerdem sollte ihm hinterher niemand auf die Schliche kommen. Es würde ein Unfall sein. Eine Verkettung schlimmer Ereignisse. Wenn es erst einmal geschafft war, sollte sein Leben eine ganz neue Wendung nehmen. Vielleicht fand er sogar eine Frau? Damenbesuch hatte seine Mutter immer verboten.

„Mir kommt kein Flittchen über die Schwelle", das waren ihre Worte.

Und Konrad hatte gehorcht. Wenn seine Mutter etwas befahl, musste er spuren. Und zwar sofort.

Konrad schloss die Augen und träumte weiter von besseren Zeiten. Noch an diesem Abend würde er sich von seiner Mutter befreien. Heimlich, still und leise. Er selbst wollte sich nicht die Hände schmutzig machen. Gott bewahre! An diesem bedeutsamen Tag seines Lebens, hier, in der Lüneburger Heide, sollten süße kleine Selbstmordattentäterinnen ihm dabei helfen, seine Mutter ins Jenseits zu befördern. Sie warteten schon auf ihren Einsatz. In Undeloh, in seinem Zimmer.

„Konrad, was hast du?", zeterte seine Mutter und schlug ihm mit der flachen Hand an den Hinterkopf. „Wir fahren hier durch die schönste Landschaft und du träumst!"

Pflichtbewusst riss Konrad die Augen auf und lobte die schöne Heide. Doch immer wieder kehrten seine Gedanken zurück zu seinem Plan. Einige der winzigen Wesen, die hier in der Heide überall herumsummten, sollten heute Abend seine Helferinnen sein. Die armen Bienen würden dabei draufgehen, das war ihr Schicksal. Aber Konrad war sicher, dass sie es gerne taten. Denn sie rächten mit ihrem Stich viele ihrer Schwestern, die seine Mutter auf dem Gewissen hatte.

Ja, Mechthild war nicht gerade zimperlich, wenn es darum ging, Insekten zu vertilgen. Mücken und Fliegen rückte sie mit Spray zu Leibe, Wespen und Bienen schlug sie mit der zusammengerollten Zeitung tot. Einfach so. Krachbums, tot.

Schon als kleiner Junge hatte er es nicht mit ansehen können, wenn seine Mutter die fleißigen Bienen totschlug.

„Mama, die Bienen tun dir doch nichts", beschwor er sie wieder und wieder.

„Papperlapapp", sagte Mechthild nur und rollte die Zeitung zusammen.

Konrad wollte damals seiner Mutter zeigen, wie man die Bienen ganz behutsam ins Freie bringen konnte. In seinem Kinderzimmer lag dafür ständig eine leere Streichholzschachtel griffbereit. Die schob er zur Hälfte auf, setzte sie auf der Fensterscheibe über die Biene und schob den Deckel zu. Erst im Freien öffnete er das kleine Gefängnis und ließ die Biene frei. Ganz einfach ging das. Das musste doch auch seine Mutter einsehen. Aber das Einzige, was sie dazu sagte, war: „So ein Blödsinn." Sie schnappte sich lieber die Zeitung und schlug zu. Konrad zuckte jedes Mal zusammen, wenn es wieder soweit war. Auch bei ihm war sie nie zimperlich gewesen. Jeder kleinste Regelverstoß brachte ihm eine demütigende Bestrafung ein. Erst nach der Konfirmation gab es statt Prügel Taschengeldentzug. Konrad wischte die peinigenden Erinnerungen zur Seite. Lieber ließ er den Blick über die sanften Heidehügel schweifen. Schon morgen würde er allein durch die Heide wandern. Ein feines Lächeln umspielte seine Lippen.

„Auf der Lüneburger Heide …", stimmten die Fahrgäste ein Lied an, Konrad summte mit. Gemächlich rollten sie nach Wilsede, in diesen malerischen Ort, der nur zu Fuß oder mit der Kutsche zu erreichen war.

Seine Mutter kaufte ein Glas Heidehonig. „Wenn wir wieder zu Hause sind, haben wir eine leckere Erinnerung", sagte sie und reichte Konrad das Glas, denn er war wie immer ihr Packesel. Ein Heide-Körbchen, ein gesticktes Deckchen mit lila Blüten. „Für meinen Nachttisch zu Hause", sagte Mechthild. Konrad lächelte in sich hinein. Wenn sie wüsste!

Aber seine Mutter ahnte nichts. Gebieterisch wie eh und je schritt sie neben ihm her und gab ihre Anweisungen.

Seit Monaten hatte Konrad über den passenden Ort und den richtigen Zeitpunkt für ihren Tod gegrübelt. Jetzt gab es kein Halten mehr, alles war vorbereitet.

Schon einige Male war er kurz davor gewesen, doch immer wieder hatte ihn seine Schwäche übermannt. In seinem Innern stritten zwei Stimmen. Die eine, er nannte sie Engelchen, wollte nicht, dass er seine Mutter umbrachte.

Doch die zweite Stimme, das Teufelchen, forderte seit langem den Befreiungsschlag.

„Bring sie endlich um!", hämmerte es in Konrads Kopf.

„Im Grunde ihres Herzens ist sie doch ein guter Mensch", sagte das Engelchen.

„Was hat sie dir alles angetan!".

Das Teufelchen konterte.

„Sie meint es doch nur gut"

Das Engelchen beruhigte.

„Tu es! Bring es endlich hinter dich, oder willst du kneifen!", höhnte das Teufelchen.

„Aber dann bist du ganz allein und hast niemanden mehr auf der Welt!", gab das Engelchen zu bedenken.

„Na und? Umso besser!", war die Antwort vom Teufelchen.

Er ließ sie streiten und wusste, dass er es heute tun wollte. Im Zuckeltrab ging es zurück nach Undeloh, wo ein Kaffeetrinken mit Buchweizentorte auf ihrem Programm stand. Mechthild schaufelte die dicke Sahnetorte in sich hinein, während in Konrads Hals die Bissen gar nicht recht rutschen wollten. Die Zeiger der Uhr quälten sich für sein Gefühl viel zu langsam voran. Seine Mutter schnatterte neben ihm und schlug vor, noch einen Gang zur Dorfeiche zu machten. Konrad fügte sich. Ein halbes Stündchen Zeit für sich konnte er herausschlagen, bevor es zum gemeinsamen Abendessen gehen sollte. Seine Mutter wollte klopfen. Wie immer hatten sie zwei Einzelzimmer mit einer Verbindungstür. Darauf bestand Mechthild im Urlaub.

Mehrmals vergewisserte Konrad sich, ob seine fleißigen Bienen in den beiden Streichholzschachteln auch noch summten. Er redete ihnen gut zu und erzählte ihnen flüsternd von ihrem wichtigen Einsatz. Die Streichholzschachteln vibrierten, seine kleinen Helferinnen wollten unbedingt heraus.

„Bald ist es soweit", flüsterte er, „dann erledigt ihr euren Auftrag." Seine Ungeduld steigerte sich ins Unermessliche. Es war kaum auszuhalten.

Punkt neunzehn Uhr saßen sie dann endlich am Abendbrottisch. Genau wie zu Hause. Seine Mutter duldete keine Verspätung. Alles war genau geregelt. Konrad brachte kaum einen Bissen herunter. Ständig musste er daran denken, was ihm bevorstand. Seine Finger zitterten so stark, dass er sie lieber in den Schoß legte. Mechthild bemerkte es zum Glück nicht. Gierig machte sie sich über ihren rustikalen Heideteller her.

Gemeinsam stiegen sie dann endlich die knarrenden Holzstufen zu ihren Zimmern hinauf. Konrad hörte, wie seine Mutter sich bettfertig machte. Sein letzter Einsatz als liebender Sohn stand noch aus: der Nachttrunk. Ein Glas Wasser mit Magnesium gegen Mechthilds Wadenkrämpfe. Endlich hörte er ihren erlösenden Ruf.

„Konrad, wo bleibt mein Getränk?"

Er atmete tief durch, öffnete sacht die Schachteln und ließ die Bienen ins Glas rutschen. Er hielt die Hand darüber und ging ins Zimmer seiner Mutter. Sie lag im Bett. Jetzt nur nichts falsch machen. Eiskalt musste er handeln. Nicht schwach werden. Auf keinen Fall die Mutter ansehen! Sein Blick fiel auf den Nachttisch. Aha, sie hatte ihn mit dem neu gekauften Heidedeckchen geschmückt. Dann lag da noch ihre Brille. Ein Obstmesser steckte in einem rotbackigen Apfel. Mechthilds Zwischenmahlzeit für den nächsten Tag, die sie nicht mehr verspeisen würde. Konrad grinste böse. Das Teufelchen hatte nun vollständig Besitz von ihm ergriffen.

Seine Finger krallten sich um das Glas.

„Hier ist dein Magnesium, Mama", sagte er. Sie packte das Glas und trank gierig. Nie nippte sie fein an ihren Getränken, immer nahm sie diese riesigen Kuhschlucke.

„Autsch!" Mechthild kniff vor Schmerz die Augen zusammen, „was war das?" Angewidert spuckte sie etwas Kleines, Pelziges auf die Bettdecke. Ihr Gesicht wurde erst rot, dann kreidebleich.

Sie ächzte und stöhnte.

„Ruf die Feuerwehr", würgte sie hervor, „ich habe einen Bienenstich im Hals."

Konrad stand da wie vom Donner gerührt. Oft hatte er sich diese Szene vorgestellt. Jetzt war sie Wirklichkeit. Jetzt nur die Ruhe bewahren! Seine Mutter spuckte die zweite Biene aufs Kopfkissen und starrte ihn aus schreckgeweiteten Augen an. Konrad musste Zeit gewinnen. Wie schnell die Schwellung im Hals den Erstickungstod brachte, wusste er nicht. Sein Handy hatte er extra tief unten im Rucksack in seinem Zimmer versteckt, um nicht zu früh den Rettungswagen zu rufen.

„Zeig mal, Mama", forderte er Mechthild auf und trat widerstrebend näher.

„Mach schon!", krächzte sie, „ruf die Feuerwehr. Ein Notarzt muss kommen, mein Hals wird ganz … eng", sie setzte sich kerzengerade auf und sah ihn an. Das war Todesangst. Konrad eilte in sein Zimmer.

„Komm, ich kriege … keine … Luft", japste sie. Er lief zu ihr, das Handy in der Hand. Er wählte 112 und verlangte einen Notarzt.

„Luft … röhre!"

Das Wort war kaum zu verstehen.

Mechthild fasste sich an die Kehle, um zu zeigen, was sie meinte. In der Hand hielt sie ihr Obstmesser.

„Nein. Das nicht!" Jetzt war es an Konrad, kreidebleich zu werden. Sie hatten vor einiger Zeit gemeinsam einen Film gesehen, in dem ein Vater seinen Sohn mit einem Luftröhrenschnitt rettete. Das sollte er …? Nie im Leben.

„Konrad!", befahl sie. Sie führte seine Hand, als er in ihren Hals stach. Sie röchelte. Blut spritzte. Erinnerungen blitzen auf. Bestrafung. Er konnte es nicht lassen, er musste zustechen. Erbarmungslos. So, wie sie ihn sein Leben lang behandelt hatte.

Erbarmungslos!

Ich will frei sein … ein Stich … endlich frei … noch ein Stich. Und noch einer und noch einer. Er geriet geradezu in einen Rausch. Dann sank er völlig erschöpft neben sie aufs Bett. Das dicke weiße Kopfkissen war blutgetränkt.

„Oh Mama, was habe ich nur getan. Das habe ich nicht gewollt!" Während Konrad noch vor sich hin jammerte, klopfte es.

„Der Rettungswagen ist da!", hörte Konrad noch wie aus weiter Ferne, dann senkte sich barmherziges Dunkel über ihn.

Ein verlockendes Angebot

Holsteinische Schweiz

„Es ist also wahr, er betrügt mich?", fragte Cordula mit bebender Stimme.

„So wahr, wie ich hier vor Ihnen sitze."

Meta Clausen, die Chefin der Detektei lehnte sich über die breite Fläche ihres Mahagoni-Schreibtisches und reichte Cordula einen Stapel Fotos.

„Ihr Mann hat nicht nur eine Geliebte, wir haben ihn mit zwei Frauen in eindeutigen Situationen …" Sie brach ab. Mehr musste sie auch nicht sagen, die Fotos sprachen für sich. Benno zeigte sich unverkennbar als Frauenheld. Mal war er mit einer blonden, dann wieder mit einer rothaarigen Frau zugange, so dass Cordula die Fotos am liebsten zerrissen hätte.

Angewidert blickte sie auf Benno und seine Flittchen. Jetzt war ihr sonnenklar, warum er in der letzten Zeit so oft erst nachts nach Hause gekommen war. Foto für Foto zeigte ihr: Benno war ein Ehebrecher. Ihre Enttäuschung ging in Wut über. Wie geschmacklos waren die Fotos!

Cordula sah Benno bei den Eutiner Festspielen. In eine Wolldecke gehüllt saß er eng an eine üppige Blondine gekuschelt und genoss sichtlich das Schauspiel auf der Freilichtbühne am Großen Eutiner See.

„So ein Scheißkerl", entfuhr es ihr. Meta Clausen schlug taktvoll die Augenlider nieder und murmelte beschwichtigende Worte. Aber Cordula ließ sich nicht beruhigen. Cordula klatschte das Foto auf den Schreibtisch.

17

„Mir hat er gesagt, dass ihm die Festspiele nichts geben, als ich mit ihm hingehen wollte. Und was tut er? Er sitzt mit seiner Schlampe auf den teuersten Plätzen!"

Benno mit einer Rothaarigen auf einem Dampfer bei der 5-Seen-Fahrt. Der Fotograf hatte ganze Arbeit geleistet. Bennos Hand tätschelte den Hintern der Rothaarigen. Dann ein inniger Kuss. Zur Krönung auch noch ein gemeinsames Mittagessen im Biergarten. Sie aßen Hecht! Cordula konnte es nicht fassen. All die schönen Dinge, die sie gern mit Benno im Sommer erlebt hätte, genossen andere Frauen mit ihm. Für seine Ehefrau hatte Benno nie Zeit, immer schob er geschäftliche Termine vor oder war zu müde.

„Ich glaube, mir wird schlecht", würgte Cordula hervor.

„Ein Kognak wird Ihnen gut tun", sagte Meta Clausen und erhob sich.

Sie schenkte auch sich selbst einen Kognak ein und nickte Cordula aufmunternd zu. Diese nahm einen Schluck und kippte dann den Rest in einem Zug herunter. Sie hustete.

„Nie wieder will ich mit dem Schwein was zu tun haben", stieß sie hervor, „entschuldigen Sie. Ich bin sonst nicht so vulgär, aber ..."

„Ist schon gut. Was meinen Sie, was ich hier manchmal für Ausbrüche erlebe! Es gehört bei uns zum Metier."

„Der Teufel soll ihn holen. Verrecken soll er, der gemeine Kerl."

Cordula hielt ihr Glas hin und Meta schenkte nach.

„Sie müssen nicht verzweifeln, es gibt immer einen Ausweg. Vielleicht können wir Ihnen helfen. Was macht ihr Mann denn sonst so? Reist er gern?", fragte Meta ganz beiläufig.

Sie lächelte verhalten.

„Und wie! Ständig ist er beruflich unterwegs, ha, was das bedeutet, weiß ich ja jetzt", schnaubte Cordula.

„Ich hätte da vielleicht eine Idee …", sagte Meta Clausen geheimnisvoll und nippte an ihrem Kognak, „ich meine, falls Sie es ernst meinen mit dem Wunsch, ihn loszuwerden."

Cordula schaute auf. Die braunen Augen der Meta Clausen sahen zwar auf den ersten Blick recht gütig aus, doch ein verräterisches Glitzern ließ Cordula aufmerken.

„Wie … ich meine, was könnten Sie denn tun?"

„Unser Service reicht weit über das übliche Angebot von Detekteien hinaus." Meta Clausen erhob sich und holte einen Ordner aus dem Regal.

„Ich verstehe nicht …"

„Wir haben gewisse Verbindungen. Ich sage mal so: Wir decken Ehebruch und Betrügereien nicht nur auf, wir ahnden sie auch, wenn der Kunde es wünscht. Um es auf den Punkt zu bringen: Wir können Ihnen den Kerl vom Hals schaffen."

Cordula wurde blass. In ihrem Kopf arbeitete es fieberhaft. Seit sie der Detektei den Auftrag gegeben hatte, ihren Mann zu beschatten, war sie innerlich immer mehr von Benno abgerückt. Welche Gefühle hatte sie denn überhaupt noch für ihn? Hass, Wut und grenzenlose Eifersucht. Eins war klar: Ihre Ehe war im Eimer. Sie schnappte nach Luft und hob den Kopf. Meta Clausen blätterte derweil in ihrem Ordner und schaute nun ebenfalls auf. Cordula wollte es genau wissen.

„Soll das heißen, Sie würden meinen Mann … äh, um die Ecke bringen?"

Auf Meta Clausens Gesicht zeigte sich ein feines Lächeln.

„Um die Ecke? So würde ich es nicht ausdrücken. Wir erledigen den Job diskret im Ausland. Was halten Sie von Südafrika?"

Cordula runzelte die Stirn, sie wagte kaum, sich vorzustellen, was Meta Clausen da gerade andeutete. Aber andererseits wäre es die gerechte Strafe für Benno und die Lösung ihres Problems!

„Ich bin mit allem einverstanden", sagte sie mit fester Stimme.

Meta Clausen kam zum Geschäftlichen. Zwanzigtausend Euro sollte der Deal kosten, die Hälfte innerhalb von einer Woche zahlbar, der Rest nach Erledigung. Weitere Einzelheiten des Plans waren schnell geklärt.

Auf der Heimfahrt von Eutin nach Malente kämpfte Cordula mit Zweifeln. Sollte sie wirklich tun, was Meta Clausen ihr aufgetragen hatte? Dann gab es kein Zurück mehr. Sie stoppte am Ukleisee und marschierte einmal um den See herum. Die hohen Buchen ächzten, die kühle Herbstluft tat ihr wohl. Sie beschleunigte den Schritt, ihr Herz schlug bis zum Halse.

„Geschieht ihm recht", stieß sie mehrmals hervor. Und dann hoffte sie nur noch, dass der Plan aufgehen würde. Sie wollte frei sein. Frei für Rüdiger, ihren jungen Kollegen, dem Sie aber bisher die kalte Schulter gezeigt hatte, weil sie ja verheiratet war.

Metas Faltblatt mit dem Preisausschreiben steckte in ihrer Handtasche. Den Hauptgewinn, eine Luxus-Reise nach Südafrika, sollte Benno bekommen. Gleich morgen wollte sie den Zettel in Bennos Ostholsteiner Anzeiger stecken.

„Na, was steht denn so in der Zeitung?", fragte sie Benno beim Frühstück, doch der Kopf hinter der Zeitung brummte nur unverständliches Zeug. So ging es seit Wochen. Für Benno war sie Luft. Nein, schlimmer noch: eine Dienstbotin, die ihm seine Wäsche wusch und das Essen bereitstellte. Aber nicht mehr lange!, dachte sie grimmig.

Wie immer war seine Zeitung, sein geliebter OHA, wichtiger als sie. Benno würdigte sie keines Blickes. Umso aufmerksamer widmete er sich einem bunten Blatt Papier, wie Cordula mit Genugtuung registrierte. Benno zückte sogar schon seinen Kugelschreiber, um die Fragen zu beantworten. Er hatte also angebissen!

Zwei Wochen später flatterte ein Brief ins Haus, adressiert an Benno. Er machte kein Hehl aus seiner Freude, brummelte nur etwas von „Nur für eine Person, das habe ich wohl ganz übersehen."

„Was hast du gesagt?", stellte Cordula sich dumm.

„Ich habe im Preisausschreiben gewonnen. Vier Wochen Südafrika. Der Haken dabei: Sie ist nur für eine Person, du kannst nicht mit."

„Wie schade", heuchelte sie Bedauern, „aber ich freue mich für dich. Wann soll es denn losgehen?"

„Es ist eine Individualreise, ich darf bestimmen, wann. Beruflich passt es mir am besten nächste Woche."

„Oh, so bald schon", sagte Cordula frohlockend.

Und tatsächlich reiste Benno vier Tage später ab. Sein Flug ging von Hamburg nach Kapstadt. Cordula lebte auf. Endlich war sie frei für die Avancen ihres

Kollegen Rüdiger. Dass sie in ihrer Ehe unglücklich war, hatte er längst gemerkt. Jetzt überschlug er sich in romantischen Ideen, sogar zur Bräutigamseiche führte er sie! Stufe für Stufe stieg sie die Leiter zum Astloch empor. Dort fischte sie seinen rosaroten Umschlag zwischen den anderen Briefen heraus. Ihr wurde ganz warm ums Herz, einen Liebesbrief hatte sie schon lange nicht mehr bekommen. Nun las sie voller Rührung Rüdigers Zeilen, die in dem Wunsch gipfelten: Lass dich scheiden. Ich wünsche mir ein Kind von dir.

Glückselig fiel sie ihm um den Hals. Er war, genau wie sie, ein Naturliebhaber, mit dem sie ausgedehnte Wanderungen durch die sanft hügelige Landschaft ihrer geliebten Heimat machen konnte. Noch zog Rüdiger nicht bei ihr ein, Cordula wollte lieber Bennos Beerdigung abwarten, keinesfalls wollte sie Anlass zu Klatsch in der Nachbarschaft geben.

Gewissenhaft stöberte sie sämtliche Unterlagen durch, um einen Überblick über ihre Vermögensverhältnisse nach Bennos Tod zu bekommen. Ein hübsches Sümmchen versprach allein schon Bennos Lebensversicherung. Falls es sich um einen Unfalltod handelte, was wohl am wahrscheinlichsten war, würde sogar die doppelte Summe fällig werden. Cordula sah rosigen Zeiten entgegen. Da konnte sie die zehntausend Euro gut verschmerzen, die sie als Kredit für den Deal aufgenommen hatte.

Sie schmunzelte.

Meta Clausen war auch bei dieser Angelegenheit für sie tätig geworden.

„Ach, Kindchen", hatte sie gesäuselt, als sie merkte, dass Cordula nicht flüssig genug war, um die zehntausend Euro zu zahlen „Sie sind doch sicher kreditwürdig, nicht wahr?"

Gleich nebenan in der Sparkasse hatte Cordula den Kredit bekommen und die Scheine sofort an Meta Clausen weitergereicht.

Nach der Trauerfeier wollte Cordula die liebenswürdige Meta zum Essen im Fissauer Fährhaus einladen. Das war nur recht und billig, immerhin hatte die tüchtige Geschäftsfrau ihr aus einer schwierigen Lebenslage geholfen. Doch zunächst hieß es Geduld bewahren und warten. Die ersten drei Wochen fiel es ihr leicht, fast täglich traf sie sich mit Rüdiger. Aber die letzten Tage schleppten sich dahin, Cordulas Anspannung stieg ins Unermessliche. Sehnsüchtig wartete sie auf die traurige Nachricht von Bennos Ableben. Aber nichts geschah.

Sie stellte die Möbel um und lenkte sich mit Gartenarbeit ab. Gerade beschnitt sie im Vorgarten die Rosen, als ein Taxi vorfuhr. Cordula fiel vor Schreck die Rosenschere aus der Hand, als sie sah, wer ausstieg.

„Wie kommst du ... ich meine ... wie war die Reise?", fragte sie stockend und schaute Benno verdattert an.

„Na ja, für geschenkt nicht schlecht. Die Unterkunft ließ zwar zu wünschen übrig, von Luxus keine Spur. Aber sonst, nicht übel. Blass bist du", sagte er, „du solltest auch mal Urlaub machen. Vielleicht gibt es ja bald wieder so eine Aktion. Mit Flug und allem drum und dran, hat der Veranstalter höchstens zweitausend Euro hingeblättert."

Der Denkzettel

Dithmarschen

„Was machst du denn da?" Riekes Augen weiteten sich vor Entsetzen. Sie kam gerade nach Hause und sah ihren Mann Johann in der Küche. Unter fließendem Wasser bürstete er einen zappelnden Hummer ab. Auf dem Herd stand der Suppentopf.

„Du willst doch nicht etwa …?"

„Doch! Der Hummer wird gekocht. Ich will ins Fernsehen. Genau wie du."

Rieke starrte ihn verblüfft an.

„Du kannst doch gar nicht kochen."

„Kann ich nicht? Pah! Es kommt nur auf die richtigen Zutaten an. Mit meinem Hummer werde ich alle anderen ausstechen. Dich zuerst!"

Rieke war fassungslos.

„Und nur, damit du ins Fernsehen kommst, muss das arme Tier einen so grausamen Tod sterben?"

„Nun hab dich mal nicht so. Der Kerl kommt mit dem Kopf zuerst ins kochende Wasser, das wird er schon überleben." Johann lachte derb über seinen Scherz. Rieke schüttelte den Kopf.

„Man sollte mit dir dasselbe tun", sagte sie, „ich werde jedenfalls keinen Bissen von deinem Tierquäleressen anrühren."

„Dann koch dir doch deinen verdammten Kohl!"

„Mit meinem verdammten Kohl bist du ganz schön reich geworden."

Johann schnaubte verächtlich, packte den Hummer und tunkte ihn kopfüber ins kochende Wasser.

„Widerling!", sagte Rieke und verließ die Küche. Sie war außer sich vor Wut. Was bildete sich dieser verdammte Kerl eigentlich ein? Er war ein aufgeblasener Wichtigtuer, der nur seinen eigenen Nutzen sah. Damals, als sie heirateten, hing für sie der Himmel voller Geigen. Der stattliche Johann würde sie auf Händen tragen, hatte sie gedacht. Von wegen! Johann war nur auf seinen Vorteil bedacht. Liebe? Das Wort hatte er anscheinend längst aus seinem Wortschatz gestrichen. Und überhaupt: Hatte Johann damals wirklich um sie geworben? Um Rieke, die Frau? Oder war es nicht eher die Tochter des reichen Großbauern gewesen, die Johann vor zehn Jahren zum Traualtar führte?

Wie berechnend Johann war, das hatte Rike erst in der Ehe gemerkt. Und nun wollte Johann ihr auch noch den Traum vom Auftritt in einer Kochsendung kaputt machen. Ihr Mann und kochen! Da konnte man ja eher einen Hammel an den Herd lassen!

Am liebsten hätte sie den schweren Topf vom Herd gerissen und ihm über den Leib geschüttet. Sollte Johann doch krebsrot anlaufen. Sie würde dann rufen „Das wirst du schon überleben!"

Sie musste raus, an die frische Luft. Bloß weg von diesem Mann.

Mit einem dicken Wollschal um Kopf und Hals stapfte sie in ihren Winterstiefeln zur Tür, schmetterte sie hinter sich zu und rannte den Weg hinunter zum Meer. Hier konnte sie durchatmen, hier kam ihr aufgewühltes Innenleben wieder zur Ruhe. Ein Blick übers flache Dithmarscher Land war geradezu Balsam für ihre Seele. Und dann das Schwappen der Wellen. Im immer gleichen Rhythmus rollten sie an den Strand. Normalerweise beruhigte sie sich nach wenigen Minuten am Strand, wenn es mal wieder Streit mit Johann gegeben hatte. Aber jetzt war ihr zum Heulen zumute. Was war das für ein Rohling, mit dem sie verheiratet war! Alles musste er an sich reißen. Und dann auf so widerliche Weise. Seit Wochen bereitete sie sich für den Kochwettbewerb vor und war davon überzeugt, eine gute Chance zu haben. Das Rezept für ihren Weißkohleintopf mit Lammfleisch hatte sie zusammen mit zwei Fotos an den Sender geschickt. Dass Johann nun ebenfalls ins Rennen um den begehrten Fernsehauftritt gehen wollte, machte sie rasend. Die klirrende Kälte biss ihr in die Knochen. Es half nichts, sie musste zurück ins Haus.

Die Küche sah aus wie ein Schlachtfeld, Johann saß mittendrin und leckte sich die Finger.

„Mein Hummer war nicht übel. Ich muss nur noch eine passende Sauce finden, das ist schon die halbe Miete", prahlte er siegesgewiss.

Rieke würdigte ihn keines Blickes. Das stachelte ihn nur umso mehr an.

„Ich werde siegen mit meinem Regionalgericht, du wirst schon sehen! Ich steche dich aus mit deinem kläglichen Kohl!" Leicht torkelnd verließ er mit einer Flasche Bier die Küche. Rieke ließ sich auf einen Stuhl fallen. Der Appetit auf ihren Kohleintopf war ihr vergangen. Sie fühlte keinen Hunger, nur ein beunruhigendes Gefühl, das in ihrem Bauch rumorte. Es war mächtiger als alles, was sie bisher in ihrem Leben gefühlt hatte. Sie wagte nicht, es zu benennen. Aber das Wort flammte auf. Ganz plötzlich. Zuerst nur kurz. Wie ein Blitz. Dann war es wieder weg. Doch es kam zurück und blieb länger haften, so dass sie es buchstabieren konnte: Rache! Noch nie war sie so wütend gewesen. Ein Teller ging beim Aufräumen der Küche zu Bruch, eine Schüssel schmetterte sie voller Wucht hinterher. Während sie die Scherben beseitigte, schwor sie Rache.

Im Bett fand sie lange keine Ruhe. Ihr Herz schlug bis zum Hals, sie fürchtete fast, Johann, der neben lag, könnte es hören. Aber der wälzte sich nur auf die andere Seite und begann geräuschvoll zu schnarchen.

Ihr Herz beruhigte sich. Ihr Rachedurst blieb. Er setzte sich in ihr fest und kribbelte im ganzen Körper. Als sie das Gefühl zuließ, begann ihr Kopf zu planen. Rache, dachte sie, ich will Rache.

Wie konnte sie Johann einen Denkzettel verpassen? Das Wort Denkzettel gefiel ihr. Es klang so schön harmlos. Schließlich war sie nie ein gewalttätiger Mensch gewesen. Im Gegenteil.

Wenn es in ihrer Kindheit Rangeleien auf dem Schulhof gegeben hatte, war sie es immer gewesen, die schlichtete und Frieden stiftete. Umso mehr wunderte sie sich, welche Befriedigung es ihr verschaffte, ihren Racheplänen freien Lauf zu lassen.

Sie wollte ihm wehtun, Johann sollte leiden! Aber nicht zu sehr. Sie war eine friedliebende Frau, selbst in ihrer Vorstellung hätte sie es nicht aushalten können, einen Menschen oder ein Tier richtig leiden zu lassen. Typisch. Sie war einfach zu mitfühlend. Eine Frau, die keiner Fliege etwas zuleide tun konnte. Keiner Fliege, stimmt!

Aber Johann war keine Fliege.

Johann stopfte Hummer, die vom Aussterben bedroht waren und in Freiheit fast so alt werden konnten wie ein Mensch, lebendig in den Kochtopf. Johann sollte seine gerechte Strafe dafür bekommen. Punkt. Aus und fertig!

Noch wusste sie nicht, wie, aber sie würde Augen und Ohren offen halten, bis sich eine Gelegenheit ergab. Und die kam schneller als erwartet.

Am Freitagabend wollte Johann wie immer in die Sauna.

„Kommst du mit?", fragte er sie und legte die Handtücher zurecht.

„Nein, ich fühle mich nicht gut."

Eine halbe Stunde später, seine ersten beiden Saunagänge hatte er nun sicher hinter sich, ging Rieke in den Keller und schaute durchs Fenster in die Sauna. Dort saß er, ihr Mann. Sein dicker Bauch glänzte krebsrot, gerade stand er auf, um eine Kelle Wasser auf die heißen Steine zu gießen. Es dampfte höllisch. Bestimmt hatte er den Thermostat wieder auf die höchste Stufe gestellt, grässlich.

Riekes Fuß stieß gegen den Holzkeil, der nach den Saunagängen die Tür zur Abkühlung aufhalten sollte.

Eiskalt arbeitete es in ihrem Hirn. So ein Keil konnte auch genau das Gegenteil bewirken. Mit der Fußspitze schob sie ihn in die richtige Position. Wenn der Keil dort blieb, war es unmöglich, die Tür von innen zu öffnen. Es hing von ihr ab, wie lange er dort blieb. Ein grimmiges Lächeln spielte um ihren Mund.

„Das wird er schon überleben", presste sie durch ihre zusammengekniffenen Lippen und schlich davon. Doch auf dem Weg nach oben wurde sie unsicher. Zögernd blieb sie mitten auf der Treppe stehen und lauschte. Hörte sie da nicht einen Hilfeschrei? Hämmerte Johann wohl schon gegen die Tür?

Nein, noch hatte er seine missliche Lage nicht bemerkt. Sie zwang sich zum Weitergehen. Im Wohnzimmer angekommen, wollte sie den Fernseher einschalten. Doch sie war nicht dazu in der Lage. Sie musste horchen und nachdenken. Wie lange sollte der Denkzettel wirken? Was wollte sie erreichen? Auf keinen Fall sollte Johann in der Sauna elend sterben. Er sollte nur Angst bekommen. Eine so große Angst, dass er fortan barmherziger mit Schwächeren umging.

Ein Denkzettel eben. Wie lange würde er es in der Hitze der Sauna aushalten?

Sie, Rieke, hatte es in der Hand, ihn zu erlösen. Sie war jetzt Richterin über Leiden und Erlösung. Ja, sogar über Leben und Tod. Sie spürte, wie sich alle Härchen am Körper aufstellten, eine Gänsehaut ließ sie frösteln. Dann wieder wurde ihr ganz heiß. Sie konnte ihren Mann auch einfach vergessen, da unten in der Sauna.

Aber wollte sie wirklich genauso zynisch sein wie Johann? Nein, sie könnte nicht mehr weiterleben mit einer solchen Schuld. Ihr Gesicht glühte. Sie ging ins Bad und klatschte sich mehrmals eiskaltes Wasser über die Wangen. Sie wagte nicht in den Spiegel zu schauen. Denn dort würde sie nicht mehr die liebevolle Rieke finden, die vor wenigen Wochen noch mit den übrigen Landfrauen die Erntedankfeier in der Meldorfer Pfarrkirche vorbereitet hatte.

Wie sollte sie jemals wieder einen Fuß in ihren Dithmarscher Dom setzen als rachedurstige Ehefrau? Als Mörderin?

Sie beschloss, zehn Minuten zu warten und dann nach Johann zu schauen. Das war eine angemessene Zeit, die würde er allemal überleben.

„Wo bleibst du denn?", wollte sie ganz harmlos fragen und den Keil mit dem Fuß zur Seite schieben. Ja, so sollte es sein. Sie würde ihren erhitzten Mann unter die kalte Dusche führen und alles wäre wieder gut.

Aber ein paar Minuten Angst konnte sie Johann noch gönnen. Wie sollte der Denkzettel sonst wirken?

Sie öffnete das Fenster und schaute hinaus in die klare, kalte Winternacht. Die Sterne funkelten, es roch nach Schnee. Bald würden die Felder mit den restlichen Kohlstrünken unter einem weißen Tuch liegen. Rieke liebte den Winter. Er ließ alle Welt zur Ruhe kommen. Aus dem Keller ertönte ein dumpfes Klopfen. Sie hörte es mit Wohlbehagen. Ein schwaches, heiseres Rufen war auch zu vernehmen. „Du wirst es schon überleben", dachte sie und schloss das Fenster.

Da klingelte das Telefon. Wer rief denn jetzt noch an?

„Entschuldigen Sie die späte Störung", hörte sie eine Männerstimme am anderen Ende der Leitung sagen. Als ihr klar wurde, worum es ging, war sie sofort in Hochstimmung.

„Ja, sofort werde ich meine E-Mails anschauen. Ja, natürlich bekommen Sie noch heute Antwort, oh wie schön, vielen Dank, ich freue mich ja so!"

Sie strahlte. Der Sender hatte sie ausgewählt! Sie sollte im Januar im Fernsehen auftreten. Fröhlich tanzte sie zum PC und fuhr ihn hoch. Ungeduldig wartete sie, bis ihr langsamer Computer endlich die E-Mails auf dem Bildschirm zeigte. Doch was war das?

Entgeistert starrte sie auf den Text. Sie musste zweimal hinschauen, um zu begreifen, was sie da las. Es war unglaublich.

„Konzept geändert. Wie schön, dass auch Ihr Mann mitmachen will. Und nun erwarten wir Sie beide in unserer Sendung „Ehepaare kochen gemeinsam".

„Gemeinsam?" Rieke verstand nicht.

Sie las den Text noch einmal und wurde blass.

Johann hatte sich also auch angemeldet. Warum war das Konzept geändert worden? Sie würde nie und nimmer mit Johann im Fernsehen kochen …!

Verdammt. Sie hatte Johann ganz vergessen!

Rieke rannte zur Treppe, hastete hinunter zur Sauna, schob den Keil weg und öffnete atemlos die Tür.

Johanns lebloser Körper fiel ihr entgegen. Glasige Augen starrten sie an.

In Hamburg sagt man Tschüß

Hamburg

Heftig schlugen die Wellen auf den Sand, als das riesige Containerschiff den Hamburger Hafen in Richtung Cuxhaven verließ.

Gunnar und ich saßen in der Nähe von Teufelsbrück am Elbestrand. Unser Urlaub fiel in diesem Jahr ins Wasser, weil mal wieder Ebbe in der Kasse war. Gunnar hatte einfach keinen Erfolg mehr in seinem Job als Autoverkäufer.

„Nun sag doch was", forderte ich ihn auf, denn schon den ganzen Abend schwieg er beharrlich und zischte ein Bier nach dem anderen. Wenn das so weiter ging, musste ich mit einem blauen Auge rechnen. Gunnars Brutalität nahm von Tag zu Tag zu. Am liebsten wäre ich davongelaufen, aber wo sollte ich hin? Gunnar würde mich überall finden und dann: gnade mir Gott!

Bevor er Autoverkäufer wurde, war er Türsteher auf der Reeperbahn gewesen und hatte weit reichende Beziehungen. Vor ihm und seinen Kumpels war niemand sicher.

Neben uns spielte ein junger Mann ein Lied auf der Gitarre. Ein paar Betrunkene grölten dazu „Hamburg, meine Perle."

Gunnar richtete sich auf. „Ich hab Ärger im Job", begann er und starrte mich mit glasigen Augen an. „Schuld daran ist der neue Kollege, Rainer Fuchs. Der Chef will ihn befördern und ich soll leer ausgehen. Das kann ich mir doch nicht bieten lassen." Dann schwieg er wieder. Ich legte ihm beruhigend den Arm um den Hals.

Bloß jetzt nichts Falsches sagen, bloß keinen Wutausbruch riskieren. Ich musste mich zusammenreißen. Ich versuchte zu ergründen, was hinter seiner Stirn vor sich ging.

„Ich hab nachgedacht, es gibt keinen anderen Ausweg: Der Kerl muss weg", stieß Gunnar hervor, „ich bringe ihn um, und du wirst mir dabei helfen, Michaela!"

Ich starrte ihn entgeistert an, als ich hörte, welche Rolle ich in seinem Plan spielen sollte. Widerspruch war zwecklos, das wusste ich. Schon immer hatte er seinen Willen brutal durchgesetzt. Meine linke Augenbraue musste ich jeden Morgen mit einem braunen Stift korrigieren, denn auf der Narbe wuchs kein Härchen mehr.

Schon wenige Tage später stand ich vor dem Spiegel, aufgetakelt mit blonder Lockenperücke und tief ausgeschnittener Bluse. Während ich mir falsche Wimpern anklebte, gab Gunnar letzte Anweisungen.

„Wir warten vor dem Casino, bis Rainer kommt. Du folgst ihm zum Roulette und machst dich an ihn ran. Er ist verrückt nach Blondinen."

Er reichte mir ein braunes Fläschchen, das er am Morgen zusammen mit der blonden Perücke auf der Reeperbahn besorgt hatte.

„Ein paar Tropfen reichen. Dann sind wir ihn für immer los", knurrte er, und wir machten uns auf den Weg zum Casino. Ich hatte ein mulmiges Gefühl, traute mich aber nicht, etwas zu sagen.

Von unserem Parkplatz aus hatten wir einen guten Überblick. Es war ein lauer Spätsommerabend, lachend und schwatzend erschienen immer neue Grüppchen, die ihr Glück im Spiel versuchen wollten. Endlich erspähte

Gunnar den schwarzen Porsche, auf den wir warteten. Rainer Fuchs stieg aus. Wow, was für ein Prachtexemplar von Mann! Ich war beeindruckt. Der Kerl gefiel mir außerordentlich gut. Er war groß und schlank und trug ein weißes Jackett. Mit langen Schritten und einem Siegerlächeln im Gesicht schritt er auf den Eingang zu. So also sah Gunnars Rivale aus. Kein Wunder, dass die Kunden lieber bei Rainer Fuchs ihre Autos kauften. Mit dem Mann würde ich auch gern einmal allein im Wagen sitzen.

So verlor ich meinen Groll darüber, dass Gunnar von mir verlangt hatte, im Zweifelsfalle sogar mit dem Kerl ins Bett zu gehen. Nur allzu gern folgte ich dem attraktiven Mann, den ich zuerst erobern und dann vergiften sollte.

Rainer Fuchs stand an einem der Roulette-Tische und beobachtete angespannt die rollende Kugel. In der Hand hatte er, genau wie ich, stapelweise Plastikchips, die er großzügig auf dem grünen Spielplan verteilte. Aber seine Chips waren groß und viereckig, meine dagegen klein und rund. Sicher hatte er ein Vermögen umgetauscht und nicht nur einen Hunderter wie ich. Den letzten Schein aus Gunnars Brieftasche. Mein lieber Ehemann war vollkommen pleite nach den Ausgaben für den geplanten Mord. Wie sollte es nur weitergehen?

Rainer gewann und raffte jede Menge Jetons zusammen.

„Für die Angestellten", rief er und schnippte ein paar Chips zum Croupier. So ging es einige Male. Ich bewunderte ihn zunächst von Weitem. Dann pirschte ich mich ganz nah an ihn heran und streifte seine Schulter.

Er zuckte zusammen.

„Das ist ja himmlisch. Wie machen Sie das nur?" gurrte ich und schenkte ihm einen meiner bezaubernden, hundertfach erprobten Augenaufschläge.

Er sah mich an, ließ den Blick tiefer gleiten, nahm sich Zeit, alles zu erfassen, mit den Augen, versteht sich. Ich kannte meine Wirkung auf Männer, nur hatte ich sie lange nicht mehr erproben dürfen, weil Gunnar so eifersüchtig war.

Rainer war beeindruckt vom Blick in meinen Ausschnitt, das zeigte seine Reaktion. „Wie wäre es mit einem Drink an der Bar? Ich lade Sie ein", sagte er.

„Oh, danke, gern!" Ich hakte mich bei ihm unter, es war schließlich keine Zeit zu verlieren, Gunnar wartete auf meinen Anruf. Er wollte die Leiche beseitigen, wenn ich ihm per Handy Bescheid gab. Doch bevor es soweit war, wollte ich noch mein Vergnügen mit dem schönen Rainer auskosten.

Zunächst einmal bestellten wir beim Barmann unsere Getränke. Whisky für Rainer, einen fruchtigen Cocktail für mich.

„Ich heiße Rainer", stellte er sich vor, „und wie heißt du, schöne Frau?"

„Vera."

„Vera ist genau der richtige Name, er passt zu dir!", schwärmte Rainer und ich fragte mich insgeheim, ob er dasselbe auch zu meinem echten Namen gesagt hätte.

Rainer schmolz jedenfalls vor Stolz dahin, eine so tolle Frau wie mich aufgerissen zu haben, das war unübersehbar.

„Lass uns einen Spaziergang zur Alster machen", raunte er mir ins Ohr.

Ich nickte.

Wir tauschten die Plastikchips in Papiergeld um. So einen Haufen Geldscheine hatte ich schon lange nicht mehr gesehen. Rainer steckte sie ein. Vielleicht konnte ich ein kleines Extra-Vermögen machen? Rainers dicke Brieftasche wollte ich nur allzu gern an mich nehmen.

Wir gingen hinunter zur Alster, die Luft war samtweich. Er zog mich an sich, ein erster Kuss, wir sanken ins Gras, oh Mann, jetzt nur nicht schwach werden! Ich packte den Griff meiner Handtasche fester. Rainers Wohnung war mein nächstes Ziel, wie sonst sollte ich ihm unbemerkt das Gift verabreichen? Aber wollte ich das überhaupt? Ich war beschwipst und glücklich. Was war das für ein Mann! Und den sollte ich vergiften? Warum eigentlich? Gunnars Job als Autoverkäufer war mir schnuppe. Im Casino hatte ich die feinen Damen gesehen, behängt mit Schmuck und begleitet von galanten Herren. Sie wurden bewundert und begehrt. Das musste herrlich sein! Und dieser Mann, der mit mir gerade zwei Alsterschwäne im Mondlicht betrachtete, sah aus, als könnte er mir so ein Leben bieten. Nein, ihn wollte ich nicht vergiften. Ich wollte ihn behalten, wo ich ihn doch gerade erst gefunden hatte.

So schob ich sanft seine Hand von meinem Oberschenkel, die langsam aber sicher immer höher kroch. Mit diesem Mann würde ich nicht gleich in den Federn landen. Er sollte mich ehren und begehren, bevor ich ihm meine Gunst schenkte.

„Mir ist kalt", sagte ich und klapperte ein wenig mit den Zähnen, um meiner Forderung Nachdruck zu verleihen, „gehen wir noch zu dir auf einen Kaffee?"

Er war sofort einverstanden. Wir liefen zu seinem Porsche und fuhren alsbald über die Elbchaussee an den feinen Villen vorbei, immer weiter bis nach Blankenese. Als wir seine feine Wohnung betraten, kam ich mir vor wie im Märchen. Durch die Zweige der Bäume konnte man die dicken Pötte auf der Elbe sehen. Hier wollte ich bleiben. Am liebsten für immer.

Rainer schenkte sich einen Whisky ein und mir einen Sekt. Dann dimmte er die Beleuchtung. und legte eine CD mit romantischer Schmusemusik auf. Kaum erklangen die ersten Töne, war er auch schon an meiner Bluse und wollte sie aufknöpfen.

„Nein", hauchte ich, „wir kennen uns doch noch gar nicht richtig. Erzähl mir was von dir!"

Er lachte dröhnend.

„Meinst du, ich hätte dich mitgenommen, um dir was zu erzählen! Ich bin doch kein Märchenonkel. Los, Puppe, sei nicht so zimperlich. Du willst es doch auch, warum bist du sonst mitgekommen?" Brutal zog er mich an sich.

Meine Illusion war dahin. Sind denn alle Kerle gleich?, dachte ich. Doch dann raunte ich zuckersüß in sein Ohr: „Bin gleich wieder da. Ich will mich kurz frisch machen."

Ich nahm meine Handtasche und verschwand im Bad. Dort betätigte ich die Toilettenspülung und holte das braune Fläschchen aus der Handtasche.

„So ein Blödmann, da kann ich ja gleich bei Gunnar bleiben", seufzte ich und ging ins Zimmer zurück. Das Whiskyglas stand auf der Stereoanlage. Unauffällig träufelte ich eine gehörige Portion aus der kleinen Flasche in den Drink.

„Wo bleibst du denn?" rief Rainer aus dem Schlafzimmer.

„Ich bringe unsere Drinks mit, wir wollen es uns doch gemütlich machen!"

Er leerte sein Glas in einem Zug, verzog das Gesicht und schrie.

„Was ist denn da drin? Stacheldraht?" Dann krümmte er sich zusammen und stöhnte.

„In Hamburg sagt man Tschüss", murmelte ich und verließ das Zimmer, denn ich bin zu sensibel, um die Schmerzen anderer Menschen mit anzusehen.

Erst als ich nichts mehr hörte, lugte ich durch den Türspalt. Das Gift hatte seine Wirkung getan, bewegungslos lag Rainer auf dem Fußboden vor dem Bett. Ich schickte Gunnar eine SMS.

„Das ging ja schneller, als ich dachte, wo ist er?", fragte Gunnar, als er die Wohnung betrat.

„Im Schlafzimmer!"

„Du hast ihm also vor seinem Ableben noch ein Vergnügen geboten?" Er grinste mich an. „So jetzt ist aber Schluss mit lustig. Die Leiche muss weg. Danach geht's zum Frühstück auf den Fischmarkt."

Er verschwand im Schlafzimmer, ich ging an die Bar. Längst hatte ich das gewonnene Geld aus Rainers Brieftasche in meine Handtasche gestopft. Über zehntausend Euro. Die wollte ich auf keinen Fall mit Gunnar teilen. Was lag also näher, als ihm ebenfalls einen Whisky zu servieren? Dann war ich endlich frei und konnte außerdem noch Gunnars Lebensversicherung kassieren.

„Ein paar Tropfen reichen", murmelte ich und mixte den Drink. Ich überlegte, wer wohl die beiden toten Autoverkäufer finden würde. Aber das war nicht mein Problem. Ich musste nur die weinende Witwe spielen. Ein schwarzes Hütchen mit Tüllschleier wollte ich zur Beerdigung tragen. Und schwarze Satinhandschuhe wie jetzt. Und ein trauriges Gesicht machen.

„Hast du schon mal einen so edlen Whisky getrunken?" fragte ich Gunnar und reichte ihm das Glas, „manche sagen, er sei mild, aber andere sagen, er schmecke wie Stacheldraht, was meinst du?"

Maßgeschneiderte Morde

Ammerland

Als Edda vom Zwischenahner Meer nach Westerstede fuhr, spielte ein selbstgefälliges Lächeln um ihre Lippen. Ihr Mann Theo sollte demnächst sterben. Edda musste nur noch entscheiden, wo.

Die Perle des Ammerlandes, das Zwischenahner Meer, hatte sie schon in Augenschein genommen. Doch es war nicht ganz das Richtige für ihren Mordplan. Jetzt wollte Edda den Rhododendronpark genauer unter die Lupe nehmen. Der feine Theo sollte ja schließlich nicht irgendwo sterben.

Als gelernte Schneiderin wusste sie, worauf es beim Morden ankam: auf Kreativität und Präzision. Der Tod musste passen wie ein Maßanzug. Jeder Ehemann bekam seinen eigenen, das war sie, die kluge Ammerländerin, ihren Männern schuldig. Darauf legte sie allergrößten Wert.

Einige Monate war sie nun schon mit Theo verheiratet. Denn Theo war reich, sehr reich. Edda hatte es von Anfang an nur auf betuchte Männer abgesehen.

Schon Ehemann eins und auch Nummer zwei hatten ihr ein hübsches Vermögen hinterlassen. Nun war also der dritte an der Reihe. Edda suchte nur noch das richtige Plätzchen für den vorgetäuschten Raubmord, durch den Theo sterben sollte.

Oh, wie oft hatte sie in den letzten Tagen ihr neues Klappmesser in Rollbraten und Poularden gestoßen, um den richtigen Schwung zu bekommen. Niemand würde je auf die Idee kommen, dass eine Frau zu einer so schrecklichen Tat fähig wäre, Wenn es so weit war und sie im Park um Hilfe rief, würde sie ganz schwaches Weib sein. Die Rolle spielte sie am liebsten. Aber so weit war sie noch nicht. Während sie durch den Park schlenderte und sich an den herrlichen Blüten ergötzte, musste sie an den Tod ihres ersten Mannes denken. Der arme Benno! Seine Trunksucht hatte ihn so früh ins Grab gebracht.

Der Auslöser für ihren Mordplan war Bennos alter Hausarzt gewesen.

„Pass auf, mein Mädel!", hatte er zu Edda gesagt, „dein Benno darf keinen Schnaps mehr trinken. Sonst wird der Alkohol sein Tod!"

Und er wurde sein Tod, dafür hatte Edda gesorgt. Ihr kleines Geheimnis, ein Flachmann mit hochprozentigem Alkohol, hatte immer in ihrer Handtasche gesteckt. Und wenn Benno dann brav seinen Pott Tee bestellte, schwupps, goss sie eine kräftige Portion Schnaps hinein. Natürlich unbemerkt, versteht sich. Alkoholmissbrauch stellte der Arzt dann auch als Todesursache fest.

Edda grinste in der Erinnerung an den gelungenen Mord und setzte sich auf eine Bank im Schatten. Sie hatte noch ein wenig Zeit, bevor sie Theo ein gutes Abendessen servieren musste. Das erwartete er von ihr, wenn er von seinen Kundenbesuchen als Anlageberater nach Hause kam.

Oft würde er ihre Kochkunst nicht mehr genießen können, vielleicht war schon am nächsten Wochenende Schluss damit. Edda erhob sich und blickte sich suchend um. Wo war das versteckte Plätzchen für Theos Tod? Es durfte auf keinen Fall Augenzeugen geben.

Vielleicht hinter der nächsten Wegbiegung? Edda beschleunigte den Schritt und prallte fast mit einem Mann zusammen.

„Ja, wen haben wir denn da?", fragte der Kerl, den sie zunächst nicht erkannte.

Edda schreckte auf. Es war Kommissar Weber. Beschattete er sie etwa? Seit dem „Unfall" ihres zweiten Mannes war Weber hinter ihr her.

„Wie gut, dass ich Sie treffe", begann er auch gleich, „ich wüsste doch zu gern, wie es zu dem Schädelbruch Ihres zweiten Mannes kam!"

„Sie haben den Fall doch längst abgeschlossen", sagte Edda unwirsch, „Johann ist die steile Kellertreppe hinabgestürzt. Das wurde amtlich festgestellt."

„Glaubt das auch ihr jetziger Ehemann?" Der lange Weber beugte sich ganz nah zu ihr herunter. „Kaum ist der eine unter der Erde, ist der nächste dran, was?"

„Das muss ich mir nicht bieten lassen", fauchte Edda, machte auf dem Absatz kehrt und beeilte sich, zu ihrem Wagen zu kommen. Weber folgte ihr.

„Mal ehrlich, meine Gnädigste. Wollen Sie nicht Ihr Gewissen erleichtern? Mir können Sie nichts vormachen. Der Treppensturz war kein Unfall. Ich bleibe an dem Fall dran, darauf können Sie sich verlassen."

Edda schnaubte verächtlich und ließ den Motor an.

„Wir sehen uns bald wieder, da bin ich sicher", rief Weber ihr nach.

Während der Rückfahrt musste Edda an ihren zweiten Mann denken. Weber würde ihr den Mord nicht nachweisen können, bestimmt nicht! Johanns alte

Schlappen hatten ihn zu Fall gebracht. Hinzu kam eine fein gepuderte Schicht Mehl, womit die Steinstufen der Kellertreppe zur Rutschbahn wurden. Aber das wusste nur Edda, nicht einmal der neunmalkluge Kommissar würde es herausfinden.

Edda war viel zu pfiffig, um sich überführen zu lassen. Sie hatte Johann eine Tüte Mehl in die Hand gedrückt und ihn gebeten, sie in den Keller zu bringen. Dass die Papiertüte bei seinem Sturz platzen würde, war ja klar. Also wunderte sich niemand von der Spurensicherung über das Mehl auf der Treppe.

Schon rollte Eddas Wagen über den Kiesweg zu ihrer piekfeinen Villa. Sie fuhr in die Doppelgarage und stellte fest, dass der Bootsanhänger von Theos Kombi weg war. Damit machte er doch sonst nie Kundenbesuche, komisch. Kopfschüttelnd ging Edda ins Haus und knipste das Licht an.

Schon im Flur traf sie der Schlag: Die wertvollen Bilder hingen nicht mehr an der Wand. Und dann erst im Wohnzimmer! Alles, was von Wert war: verschwunden! Die Rokoko-Kommode mitsamt dem Silberbesteck, die Teppiche, und auch das Intarsientischchen: futsch.

Einbrecher!, schoss es ihr durch den Kopf. Doch bevor sie zum Telefon eilte und die Nummer der Polizei wählte, stutzte sie. Einer Eingebung folgend stürzte sie ins Schlafzimmer. Auch ihr Schmuck war weg. Auf dem Bett im Schlafzimmer lag ein Abschiedsbrief.

„Mach's gut, meine Schöne. Noch länger halte ich es nicht aus, den Anlageberater zu mimen. Ich ziehe weiter. Such mich nicht, du wirst mich nicht finden. Zum Trost kann ich dir sagen: Du warst eine Bereicherung für mich. Dein Theo."

Wütend riss sie den Zettel in kleine Schnipsel. Sie wünschte Theo zum Teufel und nahm sich vor, ab sofort genauer hinzuschauen, wenn sie den Mann fürs Leben auswählte. Oder besser gesagt: fürs Ableben.

Doch auch daraus wurde nichts mehr. Es klingelte.

Kommissar Weber stand mit Handschellen vor der Tür und grinste triumphierend. „Nach unserem Treffen im Park habe ich mir die Mehlanalysen noch einmal vorgenommen", sagte er. „Beim Sturz Ihres Mannes ist eine Tüte Roggenmehl zerplatzt. Auf den Treppenstufen war aber auch Weizenmehl gefunden worden. Nun frage ich mich, wie das wohl dahin gekommen ist?" Edda erbleichte. Zu dumm, das hatte sie nicht bedacht.

Seemannsgarn

Ostfriesland

Jeden Morgen um die gleiche Uhrzeit, bei jedem Wind und Wetter, schnappte sich Hinnerk seinen Jutebeutel und machte sich auf den Weg. Sein Revier reichte vom Strand bis zu Trines Teestube. Wohnen tat er bei seiner Tochter Greta, aber das war nicht weiter wichtig, denn meistens war er unterwegs und erlebte die tollsten Abenteuer.

„Na Hinnerk", rief ihm der Mann auf dem Müllwagen zu, „welche Windstärke haben wir denn heute?"

Bereitwillig hielt Hinnerk seine Nase in die Luft, schnupperte und fuhr sich mit der Hand durch sein vom Wind zerzaustes Haar.

„Windstärke 5, frische Brise von West!"

„Na dann kann ich ja gleich den Motor ausschalten, der Wind schiebt mich auch so voran. Und du? Was machen die Geschäfte?"

„Sind ja keine Touristen da", entgegnete Hinnerk und trottete weiter.

Geschäfte, ja, nur allzu gern würde er mit den Touristen wieder seine kleinen Geschäfte machen. Aber bei dem Schietwetter?

An der Wetterstation überprüfte er, ob er die Windstärke richtig eingeschätzt hatte und siehe da: Windstärke 5. Er kannte sich aus mit dem Wind, in seiner Jugend war er zehn Jahre zur See gefahren. Doch dann hatten Frau und Kind ihn an Land gehalten. Seine Frau war seit zwei Jahren tot, um Hinnerk kümmerte sich nun seine Tochter Greta. Hinnerk zog die Schultern hoch und seine blitzblauen Augen guckten missmutig in die Welt. Die Kälte war sein Feind. So viel Grog, wie er brauchte, um seine alten Knochen warm zu halten, gab es an der ganzen Nordseeküste nicht.

Und überhaupt, woher sollte er das Geld für seinen Grog nehmen? Im Dezember kamen keine leichtgläubigen Touristen mehr, denen er eine Rolle Seemannsgarn für einen Euro verkaufen konnte.

Er musste grinsen. Über zwanzig Euro hatte er im vergangenen Sommer mit seinem Seemannsgarn eingeheimst. Dabei hatte er nur die Restwolle, aus der seine Tochter warme Socken strickte, auf Holzstöcke gewickelt. Zusammen mit ein paar haarsträubenden Geschichten aus seiner Seefahrerzeit ging das Seemannsgarn weg wie warme Semmeln.

Aber bei diesem Schietwetter waren die meisten Gästezimmer in Ostfriesland leer. Er schüttelte die Regentropfen aus dem Haar und trat in Trines Teestube.

Tee wärmte zwar immer nur für ein paar Minuten. Aber vielleicht war Trine ja großzügig und schüttete ihm eine gehörige Portion Rum über die Kluntjes. Rum und Kandis, das waren die Zutaten für seinen Tee.

„Moin, moin", sagte er.

„Moin, Hinnerk, Tee mit Rum?", fragte Trine vom Tresen.

„Gern, wenn du einen ausgibst. Und dann mach mal'n büschen Musik, hier ist es ja still wie auf'm Friedhof."

Trine legte Hinnerks Lieblings-CD ein, und schon ertönte „An der Nordseeküste, am plattdeutschen Strand …"

Sie schunkelte dabei und lächelte sehnsüchtig.

Mit dem Teepott in der Hand schlenderte Hinnerk zum Fernsehzimmer. Dort hörte er Stimmen. Trine hatte wohl neue Hausgäste, zu dumm, dass er sein Seemannsgarn nicht dabei hatte. Und tatsächlich, da saßen doch zwei Herrn in piekfeinen Anzügen mit Schlips und Kragen. Sie muteten ungewöhnlich steif und vornehm an.

„Moin, die Herrn!", sagte Hinnerk, zog sich einen Stuhl heran und setzte sich mit an den Tisch. „Na, was führt euch denn in unser schönes Ostfriesland?"

„Wir lassen hier ein paar Tage lang die Seele baumeln. Zu viel Stress im Job", sagte der dünnere der beiden und hielt seine Hand vor die Linie aus weißem Pulver auf der Tischplatte. Aber Hinnerk hatte sie schon gesehen.

„Was ist denn das? Lass mal sehen!" Er streckte die Hand aus.

„Finger weg, Alter!", raunzte der Dünne, „davon verstehst du nichts."

Er rollte einen Geldschein auf und zog sich das Zeug in die Nase. Zufrieden lehnte er sich zurück. Der Dicke machte es ebenso. Hinnerk kam die Sache bekannt vor. Das hatte er schon mal im Fernsehen gesehen. Das weiße Pulver war irgend so ein Rauschgift, dafür bekam man eine Masse Geld.

„Na, ist das Zeug gut?", fragte er.

„Und wie!", grunzte der Dünne. Der Dicke machte ihm nervös ein Zeichen, lieber zu schweigen, aber der Dünne nuschelte nur etwas von „alter Spinner, weiß doch gar nicht, was gespielt wird".

„Das Zeug ist gut?", fragte Hinnerk noch einmal, „aber bestimmt nicht so gut wie meins."

„Deins? Du willst mich wohl auf den Arm nehmen?" Lauernd guckte der Dicke ihn jetzt an.

„Nö. Aber was du dir da in die Nase ziehst, das ist doch Kinderkram. Ich hab da was viel Feineres …"

„Das glaubst du doch selbst nicht, was weißt du schon …"

Verächtlich zog der Mann die Nase hoch.

„Sag nicht, dass ich nichts weiß, mein Jung! Ich war auf allen Weltmeeren zu Hause. Nordsee, Ostsee, Atlantik …"

„Hör auf mit deiner Erdkunde, Alter! Wen interessiert denn das. Du hast was von gutem Stoff gesagt, was ist damit? Ich gebe gern eine Bestellung auf, wenn das Zeug wirklich so ist, wie du versprochen hast."

Hinnerk kratzte sich am Kopf. So schnell hatte er nicht mit Erfolg gerechnet. Sein Hirn arbeitete langsam, aber dafür mit viel Fantasie.

„Ich muss erst eine neue Lieferung abholen … mit meinem Kutter … in Holland", sagte er bedächtig, „mir fehlt nur momentan das nötige Kleingeld."

Er versuchte, Zeit zu gewinnen. Aber in seinem Kopf ratterte ein Plan. Vielleicht waren ja auch im Winter einträgliche Geschäfte möglich.

Die Männer sahen sich an, dann gab ihm der Dicke den Fünfziger, mit dem er gerade noch den Stoff aufgenommen hatte.

„Hier ist ein Vorschuss, reicht der fürs Erste?"

So viel Geld hatte Hinnerk schon lange nicht mehr sein eigen genannt.

„Dafür kriegt ihr den besten Stoff, den ich besorgen kann", versprach er. Schon am Nachmittag sah man Hinnerk mit seinem Jutebeutel am Strand. Wer genau hinschaute, konnte entdecken, dass er mit einem Taschenmesser den angetrockneten Möwenschiet von den Steinen kratzte. Fein säuberlich füllte er ihn in eine Konservendose.

Zu Hause verteilte er die weiß-grauen Krümel auf Küchenkrepp und legte die Bögen auf die Heizung. Dann genehmigte er sich erstmal einen Schluck Wattenläuper. Eine große Flasche seines geliebten Kräuterlikörs hatte er sich besorgt und bei Trine seine Schulden bezahlt. Er musste grinsen, denn nun würde er ja wieder mal anschreiben lassen können.

„Igitt, was stinkt hier denn so biestig in deiner Stube?", fragte Tochter Greta, die plötzlich in der Tür stand. Sie stemmte die Arme in die Seite.

„Nu mal ruhig, mein Deern, das ist ein Experiment", beschwichtigte er sie, „ich hab da ein paar Interessenten, die sind auf das Zeug so heiß wie'n Teepott."

„Vadder, mach nicht wieder deine krummen Touren!"

„Das mach ich doch nie nich, mein Deern. Aber du kannst mich morgen nach Emden kutschieren, da muss ich ein paar Einkäufe erledigen."

„Deinen Wattenläuper?"

„Ne, diesmal brauch ich was Spezielles."

Kopfschüttelnd verließ Greta den Raum. Ihr Vater wurde im Winter immer ein wenig wunderlich, das kannte sie schon. Sie musste mal mit Trine reden. Bestimmt war sie wieder zu großzügig mit dem Rum gewesen.

„Ich muss morgen sowieso nach Emden, aber zieh dich gefälligst adrett an", sagte sie, „und mach mal klar Schiff hier drinnen, das ist ja ein Kuddelmuddel, da findet man nichts mehr wieder. Du weißt, ich hasse diese Unordnung."

„Wird gemacht Käptn!" Hinnerk salutierte.

Die Läden in Emden waren weihnachtlich geschmückt, es duftete nach Glühwein und Bratwürsten. Als Hinnerk seine Plastiktüten in der richtigen Größe bekommen hatte, lud er Greta noch auf einen Weihnachtspunsch ein.

„Mensch, Vadder, du bist ja richtig flüssig. Woher kommt denn das Geld?"

„Och, man hat da so seine Quellen", wich er aus.

„Du machst aber keine Dummheiten, oder?"

„Ein alter Seemann ist immer auf Draht, keine Angst. Komm, wir essen noch ein Matjesbrötchen!"

Als Greta sah, dass Hinnerk auch am Fischstand mit einem Zehn-Euro-Schein bezahlte, wollte sie es genau wissen.

„Sag mir jetzt, woher du das Geld hast, Vadder!"

Er schaute sie treuherzig an und erzählte was von Vorschuss und Stoff, den er aus Holland besorgen sollte. Greta standen die Haare zu Berge.

„Aus Holland?"

„Na ja, das denken die Kerle, die das Zeug haben wollen. Ich habe Mö-Schi spezial besorgt."

„Mö-Schi … spezial?"

Als Greta erfuhr, was er damit meinte und wofür er es brauchte, packte sie ihn am Ärmel, zog ihn hinter sich her und verfrachtete ihn in ihr Auto.

Sie fuhren schnurstracks nach Hause und Greta setzte ihren Vater direkt vor der Polizeiwache ab. Widerstrebend ging er hinein. Vorher allerdings zögerte er dennoch kurz.

Hauptwachtmeister Johannsen blickte genervt vom Kalender auf. Wer störte ihn beim Eintragen seines wohlverdienten Jahresurlaubs? Er hasste es, bei dieser Arbeit gestört zu werden

Hinnerk!

„Moin, Johannsen. Also, mir ist da ein Malheur passiert."

Hinnerk drehte verlegen seinen Jutebeutel ums Handgelenk.

„Sag bloß, du hast wieder Seemannsgarn ohne Gewerbeschein verkauft!"

„Ne, diesmal ist es ne größere Sache …"

Johannsen kannte Hinnerk und seine Geschäfte nur zu gut. Was er aber jetzt hörte, das konnte er kaum glauben. War es nur wieder eine von Hinnerks versponnenen Geschichten? Oder ging es wirklich um Rauschgift? Das musste er herausfinden. Also ging er direkt auf sein Ziel los.

„Die Kerle wollen Drogen von dir? Kokain?"

„Ja, heute Abend ist Übergabe."

„Wo?"

„In Trines Teestube."

Es regnete Bindfäden, der Wind kam in Böen auf Stärke 7, als das Geschäft abgewickelt werden sollte.

In Trines Teestube saßen an diesem Abend nur zwei Männer, die auf einen dritten warteten. Aber Hinnerk ließ sich Zeit. Er nahm zur Stärkung noch eine Prise Schnupftabak und wickelte sich den dicken Wollschal um den Hals. Als er dann endlich die Tür aufstieß, ging ein Leuchten über das Gesicht der Männer. Sie sahen ihm erwartungsvoll entgegen.

„Moin, die Herren", sagte Hinnerk und klatschte drei kleine Plastiktüten auf den Tisch, „hier ist der Stoff, ihr werdet begeistert sein!"

Skeptisch schauten die beiden auf den krümeligen Inhalt.

„Na, so ganz sauber sieht der Schnee aber nicht aus", sagte der eine.

„Das ist ja grad das Besondere dabei, du Dummerjan!", Hinnerk griente über beide Backen.

„Erstmal will ich die Qualität testen."

„Beim Klabautermann, traust du mir etwa nicht?"

Doch der Mann holte nun selbst ein Tütchen mit weißem Pulver aus der Tasche, zog eine feine weiße Linie und schüttete Hinnerks Stoff daneben. Der getrocknete Möwenschiet verbreitete einen stechenden Geruch.

Fragend schauten die beiden Männer Hinnerk an.

„Das ist Mö-Schi spezial, der feinste Stoff überhaupt. Der verleiht Flügel."

Hinnerk griente dreckfrech.

Da stürmte Hauptwachtmeister Johannsen zur Tür herein. Sein Auftritt war ein voller Erfolg. „Was wird denn hier gespielt? Rauschgift in meinem Revier?"

Eh sich der Dicke und der Dünne verkrümeln konnten, klackten schon die Handschellen.

Hinnerk sah eine einträgliche Geldquelle versiegen. Und was war mit all den leeren Plastiktüten, die er noch hatte? Er wäre nicht Hinnerk gewesen, wenn nicht schon eine neue Idee in seinem Kopf wuchs: Seepocken!

Die wollte er demnächst im neu gebauten Wellness-Hotel als Badezusatz verkaufen. Es gab noch einiges zu verdienen für ihn, hier, in Ostfriesland.

Tod im Nagelstudio

Rostock

Kommissar Wolke öffnete die Wohnungstür und schnupperte. Ein feiner Hauch von Majoran und Thymian lag in der Luft. Pommerscher Kaviar! Vorfreude auf sein geliebtes Gänseschmalz mit Bauernbrot machte sich in seinem leeren Magen breit. Da klingelte sein Handy.

„Alles klar, bin schon auf dem Weg", sagte er. Und zu seiner Frau: „Ein Mord im KTC. Warte nicht auf mich, es kann spät werden."

Schon fuhr er in Richtung Rostocker Innenstadt, Kröpeliner Tor Center. Ein Navi fürs KTC hätte er besser brauchen können als sein Navi im Wagen. Es dauerte, bis er im Einkaufscenter das Nagelstudio fand. Sein Kollege Breckwoldt war schon da.

Wolke beugte sich über die Leiche. Jung und bildhübsch, notierte er im Kopf. Erdrosselt mit einem bunten Seidenschal.

Als er sich wieder aufrichtete, fiel sein Blick auf eine junge Frau. Leichenblass saß sie da. Ihre Hände zitterten.

„Sie hat ihre tote Kollegin gefunden", raunte ihm Breckwoldt zu.

„Ich habe nichts angerührt", stammelte sie, „wirklich gar nichts."

„Schon gut. Ich glaube Ihnen ja. Was können Sie mir noch erzählen?"

„Ich war schon zu Hause, da merkte ich, dass ich

mein Handy vergessen hatte. So kam ich noch einmal zurück. Ich bin fast über Anja gestolpert, als ich zu meinem Platz wollte." Sie brach in Schluchzen aus.

„Und was taten Sie dann?"

„Ich habe meine Chefin benachrichtigt. Die hat gesagt, ich soll die Polizei rufen. Das habe ich getan."

Sie schaute ihn fragend an. Er nickte, um zu signalisieren, dass sie alles richtig gemacht hatte. Dann schaute er sich im Raum um.

Alles deutete auf einen Raubmord hin. Die Kasse stand offen, bis auf ein paar Münzen war sie leer.

„Wolke, guck mal hier." Breckwold hielt ihm einen Terminplan hin und deutete grinsend auf einen Namen.

„Bernd Dreyer", sagte Wolke, „Anjas letzter Kunde heute, aha. Sag mal, seit wann gehen denn Männer zur Maniküre?" Er zog zweifelnd die Augenbrauen hoch.

„Also mich würden da keine zehn Pferde hinkriegen." Breckwold schüttelte sich, als könnte er sich kaum etwas Ekligeres vorstellen, als den Besuch im Nagelstudio.

Da wurde die Tür aufgerissen und eine Frau stürmte herein.

„Das ist ja unglaublich, was hier geschehen sein soll."

Sie sah Anja auf dem Boden liegen und schlug die Hände vor dem Gesicht zusammen. „Was muss das für ein Unhold gewesen sein! Und das alles für ein bisschen Geld?"

„Wer sind Sie, und wie kommen Sie darauf, dass es ein Raubmord ist und der Täter nicht viel erbeuten konnte?", fragte Wolke mit schneidender Stimme. Die Frau ließ sich nicht einschüchtern. Sie baute sich in ihrer vollen Größe von bestimmt eins achtzig, inklusive ihrer Stöckelschuhe, vor ihm auf und streckte ihm die Hand hin. Ihr Händedruck war selbstbewusst, keine Spur von Nervosität.

„Gaby Grosser. Ich bin die Eigentümerin des Studios. Simone hat mich angerufen und mir erzählt, dass die Kasse leer ist. Einen Teil der Einnahmen habe ich gerade zur Bank gebracht. Es war nur Wechselgeld für morgen in der Kasse. Ein paar Zehn-Euro-Scheine und ein paar Fünfer und Münzen."

Herausfordernd sah sie dem Kommissar direkt ins Gesicht. Er hielt ihrem Blick stand, so lange, bis sie als erste die Augen abwendete.

Das wäre ja auch noch schöner, dass mich so ein aufgedonnertes Weibsbild in Verlegenheit bringt, dachte er. Rot gefärbte Haare, perfekt geschminkte Augen und Lippen: Sie war schon ein Hingucker, diese Gaby Grosser. Dazu eine Figur! Wolke nahm Anjas Terminplan und deutete auf den Namen des letzten Kunden.

„Bernd Dreyer. Kennen Sie den Mann?"

„Zeigen Sie mal!" Sie nahm Anjas Terminplan und schaute auf den Namen, „Bernd Dreyer … nein … oder doch, ich glaube, der war schon mal hier. Vor ein paar Wochen. Ja, genau, jetzt erinnere ich mich. Ein komischer Kerl …"

Wolke sah sie fragend an.

„Was meinen Sie damit? Was war an ihm komisch? Dass er sich die Fingernägel maniküren ließ?"

Sie lachte glockenhell auf und sah ihn dabei an, als hätte er einen allzu dummen Scherz gemacht.

„Es gibt immer mehr Männer, denen ein Nagelknipser nicht ausreicht. Nein, der Dreyer, der wollte nur zu

Anja. Unbedingt zu ihr." Bei diesen Worten sah sie ihn auffordernd an, so, als sollte er sich darauf seinen eigenen Reim machen. Aber er fragte weiter, das war schließlich sein Job.

„Wollen Sie damit andeuten, dass er Anja kannte?"

„Kann sein."

„Hatte er ein Verhältnis mit Anja?"

Da zuckte sie die Schultern.

„Fragen Sie ihn doch selbst!", sagte sie schnippisch und zog eine Karte aus einem Karteikasten.

Das würde er tun und zwar sofort. Wolke nahm Breckwoldt zur Seite und gab ihm weitere Anweisungen. Er hatte erst einmal genug gesehen und wollte sich jetzt Bernd Dreyer vorknöpfen. Denn eins musste er der flotten Gaby, wie er sie in Gedanken nannte, lassen: Sie hatte eine akkurat geführte Kundendatei. Mit Telefonnummern und vollständigen Adressen.

Bernd Dreyer wohnte in einer trostlosen Plattenbausiedlung. Eisiger Wind fegte um die Ecke, Wolke war froh, als er im Treppenhaus stand. Aber da empfing ihn ein Gemisch aus unterschiedlichen Küchendünsten, wobei Bratkartoffeln das Regiment führten. Sein Magen knurrte. Kein Thymian, kein Majoran, dachte er und sehnte sich an seinen heimischen Esstisch.

Er klingelte an einer ramponierten Wohnungstür. Schlurfende Schritte näherten sich, die Tür wurde einen Spalt breit geöffnet.

„Hauptkommissar Wolke. Darf ich reinkommen? Ich ermittle in einem Mordfall."

„Und was habe ich damit zu tun?" Blaue Augen musterten ihn argwöhnisch.

„Das würde ich gern drinnen mit Ihnen besprechen", sagte Wolke und schob die Tür weiter auf. Widerstrebend ließ Dreyer ihn ein und hörte sich an, was Wolke vom Nagelstudio berichtete.

„Ich habe Anja seit Wochen nicht gesehen", stieß er hervor.

„Und was ist mit dem Termin heute?"

„Wie, Termin?"

„Sie waren der letzte Kunde in Anjas Terminplan. Und damit wohl der letzte, der sie lebend gesehen hat", sagte Wolke.

Da brach Dreyer zusammen und weinte wie ein kleines Kind.

„Eben nicht lebend", jammerte er, „sie war schon tot. Sie hatte mich hinbestellt und wollte etwas Wichtiges mit mir besprechen! Aber dazu kam es nicht mehr."

„Das Beste ist, wir reden im Präsidium weiter. Kommen Sie", Wolke packte ihn am Arm und nahm ihn mit. Doch auch bei der weiteren Befragung blieb Dreyer dabei, dass Anja schon tot war, als er kam.

„Mach du weiter", sagte Wolke zu Breckwoldt, „ich fahr jetzt heim und leiste mir eine Stunde Auszeit."

Seine Frau hatte auf ihn gewartet und setzte sich zu ihm. So konnte er ihr den Fall erzählen, während er genüsslich kaute.

„Was? Ein Mordfall bei Gaby Grosser?", fragte Ines erstaunt.

„Sag bloß, du kennst die."

„Klar doch. Ab und zu gönne ich mir in ihrem Studio eine Maniküre."

Wolke blickte erstaunt auf ihre Hände.

„Tja, dafür hat das scharfe Auge des Kommissars wohl keinen Blick", sagte sie lächelnd, doch gleich wurde sie wieder ernst.

„Hat sie euch von ihrem Nebenverdienst erzählt?"

Wolke horchte auf. „Nebenverdienst? Weißt du was oder ist es weibliche Intuition?", wollte er wissen.

„Wie man's nimmt", sagte sie und stellte das Dessert auf den Tisch. Schmandpudding. Wolke löffelte voller Genuss.

„Sie hat mir angeboten, zu testen, ob du ein treuer Ehemann bist", erzählte Ines.

„Wie das? Die kennt mich doch gar nicht!"

„Ich glaube, ich bin nicht die einzige, der sie es angeboten hat. Sie nennt ihren Service: Grosser-Spezial."

Wolke kratzte den Rest seines Puddings aus dem Schälchen. Das wurde ja immer besser. Kein Wunder, dass Männer einen Bogen um Nagelstudios machten.

„Ich muss sofort los, die Frau will ich noch mal unter die Lupe nehmen."

Wenig später klingelte er Sturm an der Tür ihres Appartements.

Gaby Grosser öffnete. Sie trug einen roten Kimono.

„Oh, Herr Kommissar, kommen Sie doch herein", gurrte sie, „haben Sie den Mörder von Anja gefasst?"

„Über laufende Ermittlungen kann ich nichts verraten", sagte er und nahm auf ihrem weißen Sofa Platz. „Aber ich weiß, dass Sie Ihr Geld nicht nur mit der Nagelfeile verdienen."

„Machen Sie sich mal keinen Kopf über meine Geschäfte", fuhr sie ihn an, „außerdem: Was hat das mit dem Mord an Anja zu tun?"

„Vielleicht eine ganze Menge. Wusste Anja von ihrem Grosser-Spezial?"

Das saß! Gaby Grosser schüttelte energisch den Kopf, zu energisch. Wolke merkte, dass er eine ausgebuffte Lügnerin vor sich hatte. Sie stand auf und suchte nach der richtigen Antwort. Was sie gleich sagen wird, stimmt nicht, notierte Wolke im Kopf. Da war am Fenster ein Kratzen zu hören.

„Oh, meine kleine Minou, dich hätte ich ja fast vergessen."

Wieder ganz Herrin der Lage öffnete die flotte Gaby das Fenster und ließ eine Katze ein. Dabei fuhr ein scharfer Windzug herein und wirbelte die Papiere auf der Kommode durcheinander. Ein gelbes Blatt flatterte zu Boden. Wolke bückte sich und langte danach. Es erinnerte ihn an den Notizblock, der auf Anjas Arbeitsplatz lag.

„Geben Sie das sofort her", kreischte Gaby Grosser und wollte es ihm entreißen. Doch er las schon laut vor, was drauf stand.

„Gaby, wir müssen reden, es geht um Grosser-Spezial!"

Wolke hielt triumphierend inne. Die nächsten Zeilen waren in so zierlicher Handschrift geschrieben, dass er sie nur mit Mühe entziffern konnte. Erschwerend kam hinzu, dass er sich die aufgeregte Frau vom Leib halten musste.

„Geben Sie auf, Frau Grosser", sagte er beschwichtigend, „Sie haben keine Chance mehr. Sie wissen doch selbst, was hier steht."

Als sie ihn aus zornigen Augen anfunkelte, las er weiter vor.

„Du hast nicht nur bei den Frauen kassiert, sondern auch von den Männern Kohle verlangt, weil du sie gewarnt hast. Clever!" Wolke hielt inne. Er bemerkte die Wirkung der Sätze. Gaby Grossers Augen waren zu engen Schlitzen geworden. Sie schien vor Wut zu platzen und konnte sich kaum bezähmen.

„Das kleine Biest hat hinter mir herspioniert. Sie hat herausgekriegt, wie leicht es ist, an viel Geld zu kommen. Ja, ich habe von den Männern auch Geld gekriegt. Ganz freiwillig. Meine Warnung war ihnen ein paar Scheine wert. Die Frauen wussten, dass ihre Männer treu sind und ich hab gut kassiert. Bis das kleine Biest mir auf die Schliche kam. Anja wollte bei meinem Geschäft mitmachen und auch noch einen Vorschuss. Ich habe sie ausgelacht. Da wurde sie frech und dann, dann …", sie straffte sich,

„Dann haben Sie den Schal zugezogen", sagte Wolke.

„Ich will einen Anwalt."

Wolke nahm sie mit ins Präsidium.

Erben will gelernt sein

Schleswig

„Eins musst du mir versprechen", sagte Alexandra, nachdem Maximilian galant die Beifahrertür hinter ihr geschlossen hatte und sich nun ans Steuer setzte. Der Spaziergang an der Schlei war zu Maximilians vollster Zufriedenheit verlaufen, endlich hatte Alexandra ihn erhört.

„Na, was liegt dir denn am Herzen, Liebes?", fragte er und hoffte, dass es nicht schon wieder ein kostspieliger Wunsch war. Seine Barschaft war in den Wochen der Werbung um diese reiche Frau auf einen schäbigen Rest zusammengeschrumpft.

„Du darfst niemandem sagen, wie wir uns kennen gelernt haben", hauchte sie und errötete mädchenhaft.

„Wenn das dein Wunsch ist, Liebes, kein Wort wird über meine Lippen kommen." Zur Bekräftigung presste er seinen Mund auf ihren. Dann ließ er den Motor an. Der Jaguar schnurrte wie ein Kätzchen.

„Mein sehnlichster Wunsch. Es wäre mir zu peinlich. Immerhin bin ich die Witwe eines angesehenen Großindustriellen."

Wie sie das letzte Wort betonte! Maximilian grinste innerlich. Sie war eine reiche Witwe, genau. Nur aus diesem Grund hatte er sich überhaupt an sie herangemacht. Warum sollte er also ausposaunen, dass er Alexandra mit sicherem Gespür bei einer Partnerbörse im Internet entdeckt hatte? Jetzt hieß es heiraten und mit ihrem Zaster ein feines Leben führen.

Es hatte lange genug gedauert, sie zu überzeugen.

So eine reiche Frau war eben nicht so leicht zu kriegen. Bis zu ihrem heutigen Ja-Wort an der Schlei war es ein hartes Stück Arbeit gewesen. Riesensummen musste er für all die Dinge hinblättern, die er brauchte, um sie zu beeindrucken.

Aber damit war es nun bald zu Ende, nur noch kurze Zeit, dann würde sie seine Frau werden. Und er reich.

Wenn sie wüsste, dass alles nur geliehen ist, dachte er. Selbst der Armani-Anzug, in dem er eine so gute Figur machte: für zwei Monate gemietet. Genau wie der Jaguar.

Ihm wurde ein wenig mulmig, denn wie sollte er die Hochzeitsfeier bezahlen?

„Ach noch was, Maximilian", Alexandra legte ihre Hand auf sein Knie, „lass uns im kleinen Kreis feiern. Nur wir beide, du und ich. Mir steht der Sinn nicht nach einer großen Feier."

„Wie du meinst, Liebes", sagte er und strich über ihr seidiges Haar. Auch das war also geritzt, lief ja genau nach seinem Geschmack.

Jetzt mussten sie nur noch zum Standesamt und dann würde er bei ihr einziehen.

Die Trauung im Rathaus verlief ohne große Sentimentalität. Für Alexandra war es die zweite Ehe, und Maximilian interessierte nur der Trauschein. Das in Leder gebundene Stammbuch der Familie klemmte er sich unter den Arm und führte seine Frau zum dezent geschmückten Jaguar.

Ein feines Mittagessen zu zweit im Hotel „Schleiblick" rundete ihre Feier ab. Maximilian hob sein Glas und prostete seiner Frau zu. Alexandra sah ihn mit sanften Augen an.

„Ich danke dir für alles", begann sie, „besonders dafür, dass du dich nie über meine intensiven Fragen nach deinem Vermögen beklagt hast. Aber ich hätte es nicht ertragen, nur des Geldes wegen geheiratet zu werden. Ich wollte einen gleichwertigen Mann an meiner Seite."

„Ach Liebes, das verstehe ich nur zu gut. Mir geht es doch ebenso. Nur allzu gern habe ich dir meine Yacht gezeigt und die Firma und unser Gestüt."

Oh, Mann, muss das Luxusweibchen dumm sein, dachte er insgeheim. Merkt sie denn nicht, welches Theater ich ihr vorspiele? Die teuren Einladungen in der vorehelichen Werbephase hatte sein Kumpel Lothar finanziert, der langsam auf Rückzahlung drängte. Mit Zinsen, versteht sich.

Die feinen Anzüge waren geliehen und dann erst die Segelyacht! Für ein Wochenende gemietet, damit er dort mit Alexandra nächtigen und Champagner schlürfen konnte. Vom Segeln hatte er keinen blassen Schimmer, aber Alexandra wollte zum Glück nur mit ihm an Deck sitzen und den Blick auf Schleswig genießen.

Mit einem Ausflug zum Wikingermuseum Haithabu hatte sie sich revanchiert. Es war ein sonniger Spätsommertag gewesen. Alexandra stand neben ihm auf dem Ringwall inmitten der Wiesen und erzählte von den Wikingern. Wie sie mit ihren Drachenbooten von Norden das Meer bezwangen und sich hier niederließen. Furchtlose Burschen waren das gewesen, genau wie er.

Maximilian schielte auf das Familienstammbuch und fühlte sich am Ziel seiner Träume. Alexandra schien es ebenso zu gehen, genießerisch schob sie sich einen Happen Schleiaal nach dem anderen in den Mund und sprach dem erlesenen Wein zu. Nach dem Dessert zahlte Maximilian. Hoffentlich zum letzten Mal mit geborgtem Geld, dachte er.

Bald würde er der lieben Alexandra schon die Goldkarte abknöpfen und wieder flüssig sein. So träumte er vor sich hin.

Aber Alexandra war nicht dazu zu bewegen, auch nur den winzigsten Betrag herauszurücken. Sie schien nicht einmal eine Kreditkarte zu besitzen. Das merkte Maximilian schon wenige Tage später, als sie gemeinsam Shoppen gingen.

„Ich bin so erzogen worden, immer mit Bargeld zu zahlen", erklärte sie ihm, als er ihre Karte verlangte, weil angeblich seine Brieftasche im anderen Sakko steckte. Also musste er seine allerletzten Scheine hergeben. Denn Alexandra, von Maximilians Vorgänger wohl verhätschelt bis zum Gehtnichtmehr, ließ ihren frisch gebackenen Ehemann blechen. Damit hatte Maximilian nicht gerechnet. Wie sollte er seine Schulden zahlen? Sein Freund Lothar ließ sich bestimmt nicht mehr lange vertrösten.

Zurück in Alexandras Landhaus, holte Maximilian die Post aus dem Briefkasten. Die Tür könnte mal einen neuen Anstrich brauchen, dachte er, als sein Blick auf die Holzleisten fiel, an denen die weiße Farbe abblätterte. Ob er einen Vorschuss für den Maler verlangen sollte? Vielleicht würde das bei seiner knickrigen Frau ein Sümmchen locker machen.

Er sortierte die Briefumschläge in der Hand nach Größe, nichts als Werbung und Bettelbriefe: Patenschaften für Kinder in Südamerika, Ärzte ohne Grenzen. Alexandra wurde gleich von mehreren Organisationen um Geld gebeten. Das brachte ihn auf eine Idee, und schon stand er vor ihr. Irgendwie musste er zu Geld kommen.

„Ich fahre gleich zur Bank, Liebes. Soll ich vielleicht das eine oder andere Sümmchen an die Armen dieser Welt für dich spenden? Gib mir ein paar Scheine mit, ich zahl sie für dich ein."

„Ach, Maximilian, wie lieb von dir. Dass du auch an die Armen denkst! Weißt du, ich habe in diesem Jahr schon so viel gespendet. Nimm es lieber von deinem Konto!"

Wieder nichts! Innerlich fluchte er, doch äußerlich setzte er ein süßliches Lächeln auf und machte dann, dass er wegkam. Er musste sich unbedingt mit Lothar treffen, so ging es nicht weiter.

„Na, du Wikinger!", begrüßte ihn Lothar, „hast du inzwischen genug Beute gemacht, um mir mein Geld zurückzugeben?"

Sie saßen in ihrer Stammkneipe in der Altstadt, die sie bisher immer als Treffpunkt für ihre konspirativen Gespräche gewählt hatten.

Aber Maximilian zeigte Lothar mit leeren Händen und betrübtem Blick, dass er noch weit entfernt von seinem Ziel war.

„Ich komme einfach nicht weiter mit ihr. Sie hält ihr Geldsäckel fest geschlossen, ich kriege keinen Cent, im Gegenteil, sie will ständig an mein Konto ran."

„An dein Konto?", Lothar lachte grob.

„Eben."

„Und nun? Wann krieg ich mein Geld?"

„So, wie es aussieht, noch nicht. Deshalb habe ich einen neuen Plan. Ich bin ja jetzt Ehemann …"

„Und? Was hab ich davon?"

„Ich brauche deine Hilfe. Ich will das verwöhnte Weibsbild loswerden. Und dann geht's ans Erben."

„Ah, daher weht der Wind. Und wie hast du dir das vorgestellt? Ich meine, mit dem Loswerden?"

„Ich dachte, du …"

„Soso, der Herr Gemahl ist sich wohl zu fein für den Job, was?" Spottlust funkelte in Lothars Augen.

„Na ja, so kurz nach der Hochzeit … wenn sie da ins Gras beißt und ich erbe … wer hat wohl das stärkste Motiv?"

„Du, der Ehemann, klar. Aber ich weiß nicht, ob ich der Richtige für den Job bin."

„Wie sollte man dir auf die Spur kommen? Du kennst meine Frau gar nicht, du hast kein Motiv: Das ist doch ideal!"

„Ideal? Für wen? Doch nur für dich. Was springt für mich dabei raus?"

„Die Hälfte der Erbschaft."

Ein Handschlag unter Männern und Lothar war überzeugt. Mit einem Aquavit wurde die Sache besiegelt. Man konnte in die Planung der Details gehen.

Als Maximilian eine Stunde später am Schloss Gottorf vorbei nach Hause fuhr, hatte er eine Sorge weniger. Es war leichter gewesen als geahnt. Lothar würde mitspielen.

Am Tag X war Maximilian in aufgeräumter Stimmung. Genau einen Monat war es her, seit er Alexandra geheiratet hatte. Der richtige Zeitpunkt für ein kleines Fest. Gleich nach dem Essen wollte er verschwinden, er brauchte ja ein Alibi und Lothar sollte freie Bahn für seinen Job als Einbrecher haben. Er versuchte, seinen Nervosität zu zähmen.

„Ich muss gleich noch einmal weg, eine Überraschung für dich holen", sagte er und schlang hastig das Essen in sich hinein.

„Oh, da bin ich aber gespannt. Schmeckt es dir?", fragte Alexandra. Ihre blauen Augen strahlten an diesem Tag besonders hell. Sie funkelten geradezu.

„Ja, gut", log Maximilian. Doch irgendetwas stimmte nicht. Er fasste sich an die Brust, dann an den Hals und wurde leichenblass.

„Mir ist übel, könnte es sein, dass der Fisch nicht ganz frisch war?"

Schon krümmte er sich auf seinem Stuhl und sah Alexandra Hilfe suchend an. Die hatte bisher nur in ihrem Essen herumgestochert, wie er jetzt bemerkte.

„Warum isst du nichts?"

„Sollte ich? Es scheint ja nicht bekömmlich zu sein."

„Was willst du damit sagen …"

„Ich brauche Geld. Das Haus ist vom Keller bis zum Dach mit Hypotheken belastet, ich kann es nicht verkaufen. Aber du … du sitzt ja auf deinem Vermögen. Also bleibt mir nichts anderes übrig, als dich zu beerben."

Trotz seiner Übelkeit brach er in heiseres Lachen aus. Da hatte ihn das Luxusweibchen also aus genau demselben Grund geehelicht, wie er sie! Und dann war sie ihm auch noch mit Gift zuvorgekommen! Zum Kuckuck! Er musste Hilfe herbeirufen. Er wollte doch jetzt nicht abkratzen! Wo war sein Handy? Er stürzte zur Kommode und wählte die Notfallnummer.

Nachdem er dem Rettungsdienst die Adresse genannt hatte, raste er zur Toilette und musste sich übergeben.

Während er würgte, räumte Alexandra die Teller ab, um die Spuren zu beseitigen. Der Rettungsdienst würde Maximilian nicht mehr helfen können, da war sie sich sicher.

Doch schon klirrte die Terrassentür. Überrascht drehte sie den Kopf und sah, wie ein vermummter Mann durch die zerbrochene Scheibe stieg. Der Einbrecher kam direkt auf sie zu und legte ihr eine Schlinge um den Hals. Alexandra keuchte, strampelte mit den Beinen und röchelte. Dann bewegte sie sich nicht mehr.

Lothar riss sich die Skimütze vom Kopf. Er hatte seinen Job erledigt und wollte gerade zur Eingangstür hinaus, da stolperte er im Flur über den zusammengebrochenen Maximilian. Es klingelte. Der Rettungsdienst war da.

Glück muss man haben!

Glückstadt

Marlene tippte sich mal wieder die Finger wund. Aber irgendwie klappte es nicht, fast jede zweite Zeile konnte sie löschen. Leise fluchte sie vor sich hin, damit Olaf nicht merkte, dass sie mit ihrem Krimi nicht vorankam. Sie brauchten dringend Geld. Seit Olaf arbeitslos war, machte er sie ganz nervös. Sie musste unbedingt raus an die Luft.

„Mein neuer Krimi wird hier in Glückstadt spielen", sagte sie und fuhr den Laptop herunter, „ich werde mal losgehen und recherchieren."

„Ich komme mit!"

„Nein, Olaf. Das funktioniert nicht. Ich muss mir in Ruhe die Schauplätze ansehen und ein paar Leute befragen. Vielleicht fahre ich auch mit der Elbfähre nach drüben."

„Nach Wischhafen? Was willst du denn da?"

„Mich inspirieren lassen. Ich könnte ja einen Mord auf der Fähre inszenieren …"

„So ein Quatsch."

Er war beleidigt, weil sie ihn nicht dabei haben wollte. Vorher hatte er immer seine Kumpels gehabt. Aber hier in Glückstadt waren sie beide noch nicht so recht heimisch geworden. Was musste ihnen auch der Vermieter in Itzehoe gleich die Wohnung kündigen. Nur, weil sie drei Monate mit der Miete in Verzug waren. Es war gar nicht so leicht gewesen, sich von Freunden die Miete für die Wohnung hier zu leihen. Marlene radelte zur Fähre, die ersten Autos rollten auf die „FS Glückstadt". Neidisch schaute sie auf den roten Porsche, der neben ihr stoppte. Olaf und sie fuhren einen klapprigen Fiat Punto, aber auch den konnten sie sich wohl bald nicht mehr leisten. Es war zum Verzweifeln. Wenn sie nicht endlich den Durchbruch mit einem Krimi hatte, waren sie aufgeschmissen.

Sie brauchte unbedingt einen Vorschuss von ihrem Verlag. Aber dafür musste sie zumindest ein Konzept haben.

Marlene ließ sich den Wind um die Nase wehen, schaute über das flache Land und wartete fröstelnd auf eine Eingebung. Vergeblich. Da konnte sie auch ebenso gut zu Hause am Schreibtisch sitzen. Im Internet würde sie bestimmt eher auf eine Spur stoßen.

„Na, hat dein Ausflug was gebracht?", wollte Olaf wissen, als sie zurückkehrte.

„Ach lass mich doch in Ruhe", gab sie unwirsch zurück.

„Wird wohl wieder nichts mit dem Bestseller, was?"

„Du hast gut reden, such dir erst mal einen Job!"

„Hab ich schon. Aber nicht so wie du denkst. Wir werden eine Bank überfallen."

„Bei dir piept es ja …"

„Ne, mal im Ernst. Mit meiner kriminellen Energie", bei diesen Worten grinste er sie vielsagend an, „und mit deinem blitzgescheiten Köpfchen, wird das was. Anstatt sinnlos zu recherchieren und dann Sätze in die Tasten zu hacken, solltest du deine Augen lieber woanders offen halten und die richtigen Leute befragen. Ich hab da schon eine kleine Filiale im Auge …"

Olaf erzählte ihr nun, dass er den Morgen ebenfalls für Nachforschungen genutzt hatte. Dabei war ihm eine Bankfiliale aufgefallen, die für seine Zwecke genau richtig war.

„Du musst dich jetzt an den Kassenmann ranmachen. So ganz harmlos, als Krimi-Autorin, verstehst du?"

Nein, sie verstand nicht. Er erklärte es ihr.

„Du sagst ihm, dass du einen Krimi schreiben willst. Über einen Banküberfall. Aber leider hast du zu wenig Ahnung, du ziehst ihm also alles Wichtige aus der Nase. Wann es sich lohnt, Sicherheit, Alarmknopf und Kameras, all so'n Zeug. Streng deine Fantasie an."

Langsam begriff Marlene, was er wollte. Und es hörte sich gar nicht übel an. Auf einen Schlag könnten sie reich sein. Der rote Porsche von der Fähre rückte in greifbare Nähe. Was hatten sie schon zu verlieren?

Gut, in den Knast wollte sie nicht, aber vielleicht war so ein Überfall ja wirklich ihre Rettung.

„Sieh es doch mal so", machte Olaf ihr die Sache schmackhaft, „wenn es mit dem Überfall nicht klappt, kannst du doch zumindest einen Krimi schreiben, über all das Zeug, das du erfahren hast."

Das leuchtete ihr ein.

Gleich am nächsten Tag machte sie sich auf den Weg. Zwölf Straßen gingen sternförmig vom Marktplatz ab, sie bog in die dritte ein und gelangte zur Bankfiliale. Genau, wie Olaf es ihr beschrieben hatte.

„Geh gleich nach der Mittagspause hin, dann ist da nicht so viel los, das habe ich ausgekundschaftet", hatte Olaf versprochen.

Es stimmte. Sie war die einzige Kundin in der Bank.

„Was kann ich für Sie tun?", fragte der Mann hinter dem Tresen und schaute sie freundlich an. Die Chemie zwischen ihnen stimmt auf Anhieb. Marlene stellte sich als Krimi-Autorin vor und schenkte ihm einen Thriller, natürlich mit persönlicher Widmung. So erfuhr sie ganz leicht seinen Vornamen und kritzelte „Für Udo! Viel Vergnügen beim Lesen!" vorne ins Buch. Dass sie in Wirklichkeit nicht die Autorin war, musste der nette Banker ja nicht erfahren.

Der Krimi war ein hervorragender Türöffner, schnell waren sie beim Du. Udo war Feuer und Flamme, ihr alles Wissenswerte über Notfallknopf, Alarmanlage und die Überwachungskameras zu erzählen. Eifrig machte sie Notizen und erwähnte immer wieder ihren geplanten nächsten Krimi.

„Wenn du am späten Nachmittag noch einmal wiederkommst, nachdem wir geschlossen haben, dann kann ich dir noch mehr zeigen", versprach Udo ihr. Sie strahlte ihn an. Na klar, gern würde sie kommen. Nur allzu gern!

Und er zeigte ihr alles. Sie durfte sogar kurz auf seinem Stuhl sitzen. Sie schaute ihn verliebt an. Ein kleiner Flirt konnte nicht schaden. Als er hörte, dass sie noch gar nicht lange in Glückstadt wohnte, bot er ihr an, einen kleinen historischen Spaziergang mit ihr zu machen.

In der Hafenstraße vor den hübschen Giebeln der denkmalgeschützten Häuser, erzählte er von Christian dem Vierten und wie der dänische König vor gut vierhundert Jahren diese Stadt plante. Glückstadt sollte das Tor zur Welt werden und Hamburg als Handelsmetropole überflügeln. Marlene hörte nur mit halbem Ohr zu.

Doch dann ließ er eine Bemerkung fallen, die sie elektrisierte. Ihr Herz schlug schneller, denn die Ankündigung war im wahrsten Sinne des Wortes Gold wert. Sie ließ ihn aufhorchen.

„Also, wenn ich Bankräuber wäre, dann würde ich am nächsten Donnerstag kurz vor Schließung in unsere Filiale kommen." Herausfordernd sah er Marlene direkt in die Augen.

„Und warum?", fing sie den Ball auf.

„Weil dann nicht nur verdammt viel Geld in der Kasse ist, sondern auch noch Gold!"

„Wie kommt denn das?"

„Drei unserer Kunden haben große Anteile ihrer Aktien verkauft und dafür Goldbarren bestellt. Die werden am Donnerstag kurz vor Schließung geliefert …"

„Oh, das ist eine Information, die ich für meinen Krimi bestimmt gebrauchen kann!" Marlene dankte ihm überschwänglich.

Udo lud sie noch in eines der Restaurants am Marktplatz zum Matjes essen ein. Aber lange hielt sie es dort nicht auf ihrem Stuhl.

„Tut mir leid, Udo", sagte sie, „ich muss unbedingt nach Hause. Mir platzt der Kopf. Was du mir da alles erzählt hast … ich muss an meinen PC und schreiben."

Das konnte er gut verstehen.

„Wenn der Krimi fertig ist, bekomme ich dann wieder ein Exemplar mit persönlicher Widmung?", fragte er noch.

„Na klar", rief sie und weg war sie.

„Glück muss der Mensch haben", sagte Olaf, als er hörte, was Marlene in Erfahrung gebracht hatte. „Dann ist der Zeitpunkt klar, ich werde alles vorbereiten, du musst nur das Fluchtauto fahren."

Sie nickte.

Am besagten Donnerstag waren beide übernervös. Marlene tankte die Klapperkiste voll, Olaf überprüfte seine Utensilien. Zwei neutrale Plastiktüten, eine Spielzeugpistole, die verdammt echt aussah und eine schwarze Skimütze, die er über das gesamte Gesicht ziehen konnte.

Mit verstellter Stimme probte er seinen Auftritt vor dem Spiegel.

„Hände hoch! Alles in die Tüten, dann passiert Ihnen nichts!"

Er war mit sich zufrieden. Nun mussten sich die Zeiger der Uhr nur noch ein paar Male drehen, dann konnte das Ding steigen.

Der Plan funktionierte fast reibungslos. Olaf sagte sein Sprüchlein auf, die drei Leute in der Bank waren starr vor Schreck, der Mann an der Kasse rückte alles ohne Widerspruch heraus. Doch, oh Schreck, die Beute passte nicht in Olafs Plastiktüten. Es war einfach zu viel Geld und Gold. Der Kassierer musste mit einer eigenen Tüte, die er zum Glück greifbar hatte, aushelfen. Olaf rannte schnaufend und unter seiner Mütze schwitzend aus der Bank.

Mit laufendem Motor stand Marlenes Fiat ganz in der Nähe, Olaf musste nur in den Wagen springen und ab ging es mit quietschenden Reifen.

Zu Hause fielen sie sich um den Hals.

„Glück muss der Mensch haben!", schrieen sie und tanzten vor Freude durchs Zimmer. Dann zählten sie ihre Beute.

Doch diese Arbeit nahm ihnen das Radio ab, schon wurde der dreiste Bankraub von einem Sprecher kommentiert.

„Über zweihunderttausend Euro in Scheinen und vierhunderttausend Euro in Gold hat heute kurz vor Kassenschluss ein Bankräuber erbeutet. Der Mann ist flüchtig, die Polizei bittet um Mithilfe …"

Olaf und Marlene sahen sich triumphierend an. Sie hatten es geschafft. Die Täterbeschreibung war mehr als dürftig, das Fluchtauto wurde gar nicht erwähnt. Marlene holte den schwarzen Rollenkoffer, um die Beute gut zu verstauen. Olaf plante ihre gemeinsame Zukunft.

„Wir fliegen mit dem Zaster nach Ibiza. Da mache ich eine Surfschule auf und du kannst den ganzen Tag Cocktails schlürfen und Krimis schreiben."

Marlenes Miene wurde sehnsüchtig.

Da klingelte es an der Wohnungstür. Olaf bedeutete Marlene, still zu sein. Auf Zehenspitzen schlich er zur Tür und öffnete sie einen Spaltbreit.

Sofort wurde sie von außen aufgedrückt, der Kassierer Udo stand mit vorgehaltener Pistole im Raum.

„Na? Hat ja alles gut geklappt, was?", sagte er, „mal los, her mit der Beute, aber dalli. Das hier ist keine Spielzeugpistole, die ist echt!" Er fuchtelte mit der Waffe in der Luft herum, so dass Marlene und Olaf vor Angst die Knie schlotterten.

„Ja, dachtet ihr etwa, ich lass euch mit dem Reichtum verschwinden?" Udo lachte.

„Jahrelang habe ich auf eine solche Chance gewartet. Und dann kommt da so eine Mieze daher, die sich für neunmalklug hält. Ich hab sofort den Braten gerochen, bin ja nicht blöd. Ihr habt mir gut geholfen. Ist alles da drin?" Er deutete auf den Koffer.

Marlene nickte.

Olaf wollte sich noch nicht geschlagen geben.

„Klar, wir teilen, ist doch kein Problem. Du kriegst ein Drittel ab", sagte er eilfertig und streckte die Hand nach dem Koffer aus.

„Von wegen, ein Drittel. Mein Flug in die Karibik geht in zwei Stunden. So ein Glück hat man nur einmal im Leben. Da teile ich doch nicht."

Udo schnappte sich den Koffer und ging rückwärts zur Tür.

„Ach ja, und wenn ihr glaubt, ihr müsstet mich jetzt verpfeifen, da kann ich nur abraten. Ihr seid die Bankräuber, ich habe das Geld nur für die Bank zurückgeholt."

Mord im Moor

Altes Land

Gerade hatte sich Kommissar Brenner auf dem Stuhl des Friseurs niederlassen, als ihn ein Anruf ereilte.

„Was? Sag das noch mal", rief er in sein Handy und bedeutete der Friseurin, die neben ihm mit einem Föhn die Locken einer alten Dame stylte, doch kurz die Lärmquelle auszuschalten. Erst dann verstand er, was Sache war.

Leichenfund im Nincoper Moor. Auch das noch! Aus dem Spiegel starrte ihn ein Typ mit viel zu langer Mähne an, die also weiterwachsen musste.

Bedauernd hob er die Schultern, streifte den weißen Nylonumhang ab und lief zu seinem Wagen.

Der Weg durch die Obstplantagen war schmal, ab und zu wichen ihm Radfahrer aus, die den sonnigen Herbsttag für eine Tour durch das Alte Land nutzten. Äpfel waren kaum noch an den Bäumen, in diesem Jahr waren sie früher gereift als sonst. Längst lagen sie in Kisten auf den Wochenmärkten, in Supermärkten und natürlich in den Kühlhäusern. Das Alte Land war immerhin eines der größten Obstanbaugebiete Europas.

Kommissar Brenner aß gern Äpfel und hatte immer einen Elstar oder Jona Gold im Wagen. Herzhaft biss er auch jetzt in einen Apfel und wunderte sich darüber, wie hoch das Wasser in den Gräben stand. Der nasse Regensommer hatte den Moorgürtel noch feuchter werden lassen als sonst. Als Kommissar Brenner am Fundort der Leiche eintraf, wichen die Schaulustigen vor ihm zurück, redeten aber intensiv weiter. Er hörte zwar nur mit einem Ohr zu, aber schnell merkte er, dass die Leute hier anscheinend schon wussten, wer der Tote war. Bauer Hansen. Und es kam noch besser: Zwei der Männer konnten ihm auch den Täter benennen. Oder besser gesagt: die Täterin. Das ging dem Kommissar dann doch zu schnell. Er wollte sein eigenes Oberstübchen anstrengen und sich nicht die Lösung des Falls servieren lassen.

„Nun mal immer mit der Ruhe, so viel Zeit muss sein, einer nach dem anderen", brummelte Brenner, nachdem er einen Blick auf den Toten geworfen hatte, der inzwischen aus dem Graben im Moorgürtel gezogen worden war.

Todesursache: ein Loch im Kopf von einer kleinkalibrigen Schusswaffe, die ebenfalls im Graben, ganz nah bei der Leiche gelegen hatte. Todeszeit: kurz nach Mitternacht.

„Gute Arbeit", lobte Brenner seine Leute. Dann wandte er sich wieder den Männern zu, die so lautstark ihre Meinung zur Tat kundtun wollten. Besonders zwei, ein Dünner und ein Stämmiger, schienen genau Bescheid zu wissen. Sie hatten den Toten gefunden und die Polizei benachrichtigt.

„Ich hab ihn da im Wasser liegen sehen", klärte der Dünne Brenner auf. „Zuerst dachte ich, der gute Hubert hätte sich schon am Morgen ein Gläschen genehmigt und das ist ihm zum Verhängnis geworden. Aber dann hab ich das ganze Blut gesehen …"

„Ist doch glasklar wie Köm", behauptete der Stämmige, „das war Gesine."

81

Er nickte ein paar Mal bekräftigend.

„Genau", fiel der Dünne ein, „so wie sich das Weibsstück gestern aufgeführt hat, kann nur sie es gewesen sein. Sie hatte nämlich ein Motiv!"

Kommissar Brenner lächelte nachsichtig und nahm zunächst die Personalien der beiden auf. Erst dann befragte er sie weiter.

„Und nun mal der Reihe nach: Was ist gestern passiert?"

„Wir waren im Moorkrug, da kam die Gesine plötzlich an und hat Hubert nach draußen gezerrt."

„Und dann?"

„Draußen hat sie ihm eine Eifersuchtsszene gemacht, die war nicht von schlechten Eltern", sagte der Stämmige, die anderen nickten bekräftigend.

„Aber dass sie ihn gleich erschießen musste, das ist schon ein starkes Stück. Wird sie jetzt verhaftet?"

„Das wird sich zeigen, ich schlage vor, wir fahren zum Moorkrug und Sie erzählen mir da vor Ort ganz genau, wie alles war, gestern Abend."

Mit stolz geschwellter Brust stiegen die beiden in Brenners Wagen, und ab ging es zum Moorkrug.

Während der Fahrt fiel dem Stämmigen ein, dass der Moorkrug Ruhetag hatte. Also entschied Kommissar Brenner, lieber gleich zum Obsthof Hansen zu fahren, um sich ein Bild von Gesine Hansen zu machen.

Was ihm die beiden Männer erzählten, stimmte ihn schon nachdenklich. Immerhin erfuhr er, dass Gesine eine meisterhafte Schützin war und in ihrem Schützenverein seit einigen Jahren sogar die beste. Ihre Waffe bewahrte sie zu Hause auf. Das schien hier jeder zu wissen. Jedenfalls hatte es die Runde gemacht.

„Das sind allerdings schwerwiegende Fakten, die Sie mir da erzählen", sagte Brenner, „haben Sie denn gestern mit angehört, warum Frau Hansen eifersüchtig war?"

„Na ja", sagte der Stämmige mit einem Grinsen, „der Hubert ist kein Kind von Traurigkeit. Er hatte wohl mal wieder was mit einer anderen Frau. Die Hansens vermieten nämlich Fremdenzimmer und wenn Kirschblüte ist und auch zur Apfelernte, da kommen hier viele Touristen ins Alte Land. Der Hubert, der steht auf knackige Früchtchen."

Er klatschte sich auf den Schenkel.

„Stand", sagte der Dünne.

„Häh?"

„Der Hubert stand auf knackige … jetzt ist es aus mit Früchtchen."

„Wo du Recht hast, hast du Recht", sagte der Stämmige, „jetzt scharf links, Herr Kommissar, wir sind da. Sie hielten vor einem schmucken Reetdachhaus.

Gesine Hansen, eine füllige Frau in geblümtem Kittel, öffnete die Tür. Sie hatte verweinte Augen.

„Kommissar Brenner", stellte sich der Kommissar vor. Die beiden Belastungszeugen hatte er vorerst im Wagen sitzen lassen.

„Ich weiß schon, mein Mann ist tot", sagte Gesine mit tonloser Stimme. Sie schien nervös zu sein, ihre Augenlider zuckten, rastlos bewegte sie ihre Hände.

„Ich habe eben einen anonymen Anruf bekommen. Er soll in einem der Gräben gefunden worden sein?"

„Stimmt. Er ist erschossen worden", sagte Brenner und ging gleich in die Vollen.

„Wo bewahren Sie Ihre Waffe auf?"

„Im Nachttisch", ihr Augen weiteten sich vor Angst, „ich weiß, das ist verboten. Aber … ich fühlte mich so sicherer." Mit schweren Schritten stieg sie die knarrende Holztreppe hinauf ins Obergeschoss.

Brenner folgte ihr.

Im Schlafzimmer wühlte sie in der Nachttischschublade. Nivea-Creme und Papiertaschentücher kamen zum Vorschein aber keine Waffe.

„Das gibt's doch nicht … sie muss doch hier sein … wie kommt das nur?"

Gesine starrte den Kommissar entsetzt an.

„Kein Wunder. Wir haben die Mordwaffe im Graben gefunden. Neben der Leiche Ihres Mannes."

„Aber ich war es nicht, das schwöre ich", beteuerte Gesine und brach auf dem breiten Ehebett zusammen.

„Das Beste wird sein, Sie begleiten mich", sagte Brenner und fasste sie am Ellbogen.

Spät am Abend, als Brenner todmüde in seinen Sessel fiel, fragte er sich, warum er so unzufrieden war. Der Fall war doch augenscheinlich gelöst. Die Mordwaffe war gefunden. Das Motiv, Eifersucht, war klar, alle Zeugen, die er vernommen hatte, waren sich einig: Es konnte nur Gesine Hansen gewesen sein. Ihre Fingerabdrücke hatte sie natürlich sorgfältig abgewischt.

Trotzdem sprach alles gegen sie. Warum leugnete sie aber so standhaft den Mord an ihrem Mann? Die Eifersuchtsszene vor dem Moorkrug hatte sie doch schon zugegeben.

„Stimmt, ich habe ihn angeschrieen. Sein Flittchen vom Frühjahr hatte gestern wieder ein Zimmer bei uns gebucht. Ich habe die beiden am Nachmittag in der Plantage gesehen. Ich wollte, dass das endlich aufhört."

Brenner hatte versucht, Gesine eine Brücke zu bauen. Hatte ihr erklärt, wie leicht solche Taten im Affekt geschehen konnten, hatte ihr mildernde Umstände versprochen, wenn sie die Tat zugab. Am Ende hatte sie nur noch geschwiegen.

Brenner schaltete den Fernseher ein. Ein wenig Ablenkung konnte nicht schaden. Nur ja kein Krimi! Bei einer Krankenhaus-Serie blieb er hängen. Doch kaum hatte er sich an die weißen Kittel auf dem Bildschirm gewöhnt, kam die Werbung.

Er holte sich ein Bier aus dem Kühlschrank.

„Ich brauche Gewissheit", murmelte er vor sich hin und nahm einen langen Zug aus der Flasche.

„Gewissheit, wenn Sie sie am meisten brauchen …"

Brenner schreckte auf. Was hatte er da gerade gehört? Was sagte die Stimme da gerade in der Werbung? Konnten die etwa Gedanken lesen?

Ein längliches Gerät wurde eingeblendet. Schwangerschaftstest.

Brenner schlug sich mit der Hand vor die Stirn.

Was hatte Gesine ihm noch über ihren Hausgast gesagt?

Er bemühte sich, die Worte wieder abzurufen: „Sein Flittchen vom Frühjahr hatte wieder ein Zimmer bei uns gebucht. Ich habe die beiden am Nachmittag in der Plantage gesehen."

Wie konnte er das nur übersehen! Da war ja noch eine andere Frau im Spiel.

Sofort holte er Gesine Hansen und fuhr mit ihr zum Obsthof. Im Dunkeln sah der Moorgürtel unheimlich aus, Brenner konnte verstehen, dass manche Menschen sich hier fürchteten.

„Wie heißt die Geliebte Ihres Mannes?", wollte er wissen.

„Marion Schilling", sagte sie.

„Wissen Sie, ob sie schwanger ist?"

„Keine Ahnung." Gesine blieb einsilbig.

Brenner stieg die Treppe hinauf. Diesmal war sein Ziel nicht das Schlafzimmer der Hansens, er klopfte stattdessen an die Tür links davon.

„Herein", vernahm er ein Wispern.

Im Fremdenzimmer kauerte eine vollkommen verstörte junge Frau, die schon nach wenigen Fragen aufgab. Marion Schilling war die Täterin.

Am Nachmittag in der Obstplantage hatte sie Hubert von ihrer Schwangerschaft erzählt. Er hatte sie nur ausgelacht und nicht ernst genommen. Geradezu verhöhnt hatte er sie.

„Ein Flittchen hat er mich genannt. Eine, die mit jedem ins Bett geht und deshalb gar nicht wissen kann, wer der Vater des Babys ist", schluchzte sie.

„Und woher wussten Sie, wo die Waffe ist?"

„Von Hubert. Als er mich so bösartig verhöhnt hat, habe ich ihm gedroht, ich werde alles seiner Frau erzählen. Da hat er nur gelacht. Und dann hat er gesagt, das soll ich mal schön bleiben lassen. Gesine sei verdammt schnell mit der Waffe und habe sie stets griffbereit im Nachttisch. Da soll ich mich nicht wundern, wenn mir plötzlich die Kugeln um den Kopf pfeifen."

Noch immer konnte Brenner sich nicht erklären, wie es dann schließlich zur Tat gekommen war. Aber auch das sprudelte auf Nachfrage aus Marion heraus.

„Ich bin wieder hin, zum Hof. Als Gesine das Abendessen vorbereitet hat, bin ich in ihr Schlafzimmer und hab mir die Pistole geholt. Ich habe gedacht, alles ist aus. Ich wollte erst Hubert erschießen und dann mich. Also bin ich mit meinem Wagen zum Moorkrug und habe gewartet bis Hubert rauskam. Ich bin ihm zu Fuß gefolgt. Er torkelte am Graben entlang und ist stehen geblieben, um zu pinkeln. Da bin ich ganz nah ran und … peng! Aber für den zweiten Schuss fehlte mir der Mut. Ich habe die Pistole abgewischt und weggeworfen."

Das war ja haarsträubend. Aber: Fall gelöst! Kommissar Brenner fuhr sich mit allen zehn Fingern durch seine viel zu lange Mähne. Morgen würde er endlich zum Friseur gehen.

Die letzte Ecke vor Amerika

Cuxhaven

Als Jan abends die Wohnungstür aufschloss, hatte er gleich das Gefühl: Hier stimmt was nicht. Lag es an der Totenstille? Wohl auch. Aber vor allem vermisste er den Duft nach einem leckeren Abendessen, der ihn sonst empfing. Mehrmals rief er Viktorias Namen, aber sie antwortete nicht.

Wo mochte sie nur sein? Einkaufen, weil noch etwas fehlte? Das sah ihr gar nicht ähnlich. Seine Frau hatte in diesem ersten Jahr ihrer Ehe den Haushalt gut in den Griff bekommen.

Jan nahm sich ein Bier aus dem Kühlschrank und schaute aus dem Fenster. Vielleicht hatte Viktoria das einladende Wetter für einen Spaziergang genutzt und die Zeit vergessen? Ja, das war eine Erklärung. Sein Blick wanderte zur Wohnungstür. Gleich würde Viktoria eintreten.

Aber sie kam nicht. Was konnte er nur tun?

Anrufen! Das war es. Jan klickte ihren Namen an, aber bevor er überhaupt das Tüt-Tüt seines eigenen Apparats hörte, vernahm er schon die Melodie aus Viktorias Handy. Es lag neben dem Fernseher. Das war ja mal wieder klar: Sie hatte ihr Telefon nicht mitgenommen. Seufzend schnappte er seine Jacke. Er musste raus und Viktoria suchen.

Er marschierte die Deichstraße hinunter. Alles war wie immer. Der Riesenpott der Küstenwache lag da, die Ausflugsdampfer, die zu den Seehundbänken fuhren und das Feuerschiff Elbe 1. Von der Aussichtsplattform „Alte Liebe" schaute er hinüber zur Kugelbake. Er dachte an die Auswanderer vor vielen Jahrzehnten. Für sie war die Kugelbake die letzte Ecke vor Amerika. Konnte es sein, dass Viktoria ihn, den Versager, verlassen hatte? War sie einfach auf und davon gegangen, weil er nicht genug verdiente? Oder war etwas Schreckliches passiert? Die heiseren Schreie der Möwen ließen ihn frösteln. Völlig aufgewühlt kehrte er um und hoffte, seine Frau endlich doch zu Hause anzutreffen.

Aber dort war sie nicht.

Jan schlug zwei Eier in die Pfanne und tunkte Brot hinein. Ein weiteres Bier. Noch eins und noch eins. Erst spät in der Nacht fiel er in einen unruhigen Schlaf.

Als er am nächsten Morgen erwachte, war der Himmel düster und verhangen. Die Stimme im Radio, gnadenlos fröhlich wie immer, prophezeite Regen und Windstärke 5. Auch das noch.

Zuerst einmal rief er im Betrieb an und meldete sich krank. Dann holte er die Post aus dem Briefkasten. Zwischen all der Werbung steckte ein brauner Umschlag ohne Absender. Er riss ihn mit zitternden Fingern auf. Heraus fielen zwei Fotos und ein Zettel mit krakeliger Schrift: „Wir haben Ihre Frau in unserer Gewalt. Für 100.000 Euro kriegen sie sie zurück. Aber: Keine Polizei, wenn Sie Ihre Frau lebend wiedersehen wollen!"

Die Fotos zeigten Viktoria mit verweinten Augen. Ihr Gesicht war leichenblass. Sie hatte die gestrige Ausgabe der „Cuxhaven Nachrichten" in der Hand. Jan war fassungslos. Er musste sich am Geländer abstützen, so schwindlig wurde ihm mit einem Mal. Da ging oben eine Tür auf. Die Nachbarin Frau Heinbokel erschien.

„Geht es Ihnen nicht gut, Herr Jensen?"

„Nein. Ist wohl eine Grippe", stammelte er.

„Na, dann mal gute Besserung. Und stecken Sie Ihre Frau nicht an!"

Sie zog sich zurück.

Jan schlich wie ein geprügelter Hund zurück in seine Wohnung. Der Schock auf nüchternen Magen hatte ihm arg zugesetzt. Wie sollte er das Geld zusammenkratzen? Ständig war sein Konto in den roten Zahlen. Seine einzige Chance waren die Schwiegereltern. Aber ob die helfen würden, das bezweifelte er sehr.

Er musste es dennoch versuchen, es war seine einzige Chance. Widerstrebend setzte er sich ins Auto und fuhr in Richtung Wingst.

Seine Gedanken wanderten zu jenem letzten Tag zurück, als er und Viktoria bei seinen Schwiegereltern waren. Ein Fiasko! Sein Schwiegervater hatte sich für seine einzige Tochter eine bessere Partie gewünscht und über Jans Antrag nur gelacht. Also heirateten sie heimlich und hatten danach keinen Kontakt mehr zu Viktorias Eltern.

Der Kies knirschte unter den Reifen, als er in die breite Einfahrt fuhr. Hier strotzte alles vor Reichtum. Ob die Entführer das wussten?

Jan läutete. Viktorias Mutter öffnete die Tür. Verblüfft schaute sie ihn an.

„Was willst du hier? Warum bist du allein? Wo ist Viktoria?"

Von innen dröhnte die Stimme seines Schwiegervaters. „Na, hat sie sich endlich von dem Versager getrennt? Was will er noch hier?"

Jan wäre am liebsten auf der Stelle umgekehrt.

„Viktoria ist gestern entführt worden …", begann er.

Ernst und Lisa sahen ihn an, als sei er ein Geist. Sein Schwiegervater fasste sich zuerst. „Und? Haben sich die Entführer schon gemeldet? Was sagt die Polizei?"

Jan erzählte vom Erpresserbrief und der Aufforderung, die Polizei aus dem Spiel zu lassen. Er reichte ihnen die Fotos. Lisa brach beim Anblick ihrer Tochter in Tränen aus. Sie schluchzte und konnte sich gar nicht mehr beruhigen.

„Mein Kind, mein armes Kind! Womit haben wir das verdient?"

Jan saß auf der Stuhlkante und fühlte sich unwohl. Unglücklich blickte er von einem zum anderen. Dabei fiel ihm in Ernsts Gesicht etwas auf, was er auch von Viktoria nur allzu gut kannte: unerschütterliches Selbstbewusstsein. Genau die Eigenschaft, die ihm so mangelte. Er musste die Sache mit dem Lösegeld zur Sprache bringen, aber wie? Er und Viktoria hatten schwierige Zeiten gemeistert, nie wäre er auf die Idee gekommen, seine Schwiegereltern um finanzielle Hilfe zu bitten. Dass er es jetzt tun musste, war eine harte Prüfung für ihn. Er musste es hinter sich bringen.

„Die Kidnapper verlangen 100.000 Euro", presste er hervor.

„Daher weht der Wind. Mein erfolgloser Herr Schwiegersohn schafft es nicht, seine Frau auszulösen. Von mir kriegst du keinen Cent."

Das saß. Aber der Schwiegervater hatte seine Rechnung ohne Viktorias Mutter gemacht.

„Nein, Ernst. So geht das nicht. Wenn du nicht helfen willst, dann …", sie erhob sich, „ … dann versetze ich eben den Familienschmuck."

Ernst tippte sich an die Stirn.

„Bist du verrückt geworden?"

„Nein, aber du bist hartherzig und selbstgerecht." Sie wollte an ihm vorbei, er verstellte ihr den Weg und hielt sie fest.

„Gut, ich hole das Geld von der Bank. Aber nur unter einer Bedingung …" Dabei sah er Jan anklagend an.

„Ich verstehe nicht", begann der.

„Und ob du verstehst!", sagte Ernst barsch.

„Du willst die Polizei einschalten?"

„Die Situation lässt keine andere Handlungsweise zu."

„Aber Ernst", jammerte Lisa, „willst du Viktorias Leben aufs Spiel setzen? Sie ist unser einziges Kind."

„Dein Schwiegersohn wird wohl kaum allein mit Entführern fertig werden."

„Ich vertraue ihm", sagte Lisa und drückte Jan die Hand.

„Danke", sagte Jan fest, „ich werde es schaffen. Viktoria kommt zurück."

Wo er das Selbstbewusstsein plötzlich her nahm, war ihm selbst schleierhaft.

Mit zwei Geldpäckchen fuhr Jan zurück nach Cuxhaven und fand einen weiteren Umschlag der Entführer in seinem Briefkasten. Wieder waren zwei Fotos darin, Viktorias Gesicht sah noch blasser als auf den vorigen. Rot zeichnete sich der Abdruck einer Hand auf der linken Wange ab. Das Schwein! Hatte der Entführer ihr eine Ohrfeige verpasst, wenn er den in die Finger kriegte … Jan ballte die Fäuste.

Er kochte vor ohnmächtiger Wut. Das Blut schoss ihm ins Gesicht.

Das Schreiben war eindeutig: „Kommen Sie heute mit dem Geld um Punkt 22:00 Uhr zum Hundestrand am Fährhafen!"

Als es auf 21:00 Uhr zuging, hielt Jan es nicht länger aus und machte sich auf den Weg. Regen schlug ihm ins Gesicht. Sein Herz sank in die Hose. Seit dem schrecklichen Augenblick, als er den Erpresserbrief erhielt, drehten sich seine Gedanken nur noch um Viktoria. Ob sie überhaupt noch lebte? Er durfte gar nicht daran denken, dass seine kleine Frau in den Händen skrupelloser Männer war. Zornig beschleunigte er den Schritt.

Viel zu früh war er am Hundestrand und sah eine helle Plastiktüte an einem Pfahl baumeln. Sollte er da etwa das Geld hineintun? Unschlüssig trat er näher und öffnete die Tüte. Ein Handy lag darin. Ob er vom Weiten beobachtet wurde? Hektisch schaute er in alle Richtungen, doch es war niemand zu entdecken. Kein Wunder bei diesem Wetter. Da jagte man ja keinen Hund vor die Tür.

Das Handy vibrierte. Er hielt es ans Ohr.

„Sie sind zu früh", fauchte eine strenge Männerstimme. Also doch, der Täter musste ganz nah sein und ihn beobachten.

„Ich habe es zu Hause nicht mehr ausgehalten", entschuldigte er sich.

„Schon gut. Packen Sie das Geld in die Tüte. Gehen Sie dann in Richtung Kugelbake. Es wird ein Hund kommen, ein Labrador. Geben Sie ihm das Geldpaket. Ihre Frau finden Sie anschließend bei den Wohnmobilen am Fährhafen."

Alles lief genau wie besprochen. Der Hund tauchte auf, schnappte mit dem Maul nach der Tüte und raste damit davon. Im Nu war er von der Dunkelheit verschluckt. Jan lief wie in Trance zum Fährhafen, wo vereinzelte Wohnmobile parkten.

Und da stand sie: Viktoria. Durchnässt, aber unversehrt, soweit er sehen konnte. Sie fielen sich in die Arme.

„Wie gut, dass nun alles überstanden ist", japste Jan und wollte sie hinter sich her nach Hause ziehen. Doch sie hielt ihn zurück.

„Ich muss dir was beichten." Klein und zerbrechlich stand sie vor ihm. Und dann erfuhr er die ungeschminkte Wahrheit. Er verstand die Welt nicht mehr, als er sie hörte.

„Ich habe die Entführung mit meiner Mutter geplant", gestand Viktoria, „wir wollten das harte Herz meines Vaters erweichen und ihm eine Lektion erteilen."

„Und an meine Angst um dich hast du gar nicht gedacht?"

„Doch. Aber uns blieb keine andere Wahl. Nur mein Cousin war noch eingeweiht. Er hat die Briefe eingeworfen und mich für zwei Nächte in seinem Wohnmobil versteckt. Ich habe ihm zehntausend Euro vom Lösegeld abgegeben. Der Rest ist für uns."

Jan starrte sie an. War das noch seine Frau?

„Nun freu dich doch!", forderte sie und wollte sich in seine Arme schmiegen, „jetzt sind wir mit einem Schlag alle Sorgen los."

„Wie soll das denn gehen? So plötzlicher Reichtum fällt doch auf."

„Nicht, wenn man es richtig anstellt. Wir werden bald fünf Richtige im Lotto haben. Mit Zusatzzahl. Ich habe mir alles genau überlegt." Sie sah ihn ganz und gar siegessicher an.

Jan schüttelte ungläubig den Kopf.

„Und die Ohrfeige auf dem Foto?"

„War nur geschminkt."

Da entlud sich all die Pein der letzten Tage in einer einzigen Geste: Jan holte aus und verpasste Viktoria eine Ohrfeige. Erst danach konnte er sie an sein Herz drücken. „Mach sowas nie wieder!", sagte er und schloss die Arme um sie, als wollte er sie nie wieder loslassen.

Ein todsicherer Plan

Travemünde

Schon von Weitem sah Ingo das schlanke Maritim-Hochhaus sich gegen den grauen Himmel abheben. Sie waren fast am Ziel. Barbara saß auf dem Beifahrersitz und mäkelte über den Nieselregen, aber das tat Ingos Vorfreude keinen Abbruch. Gut gelaunt lenkte er den Kombi um die letzte Kurve in die Trelleborgallee und rollte gleich darauf in die Tiefgarage des Maritim.

„Das Ehepaar Jessen! Wie schön, Sie auch in diesem Jahr bei uns begrüßen zu dürfen", sagte der Portier, „wie immer? Zwanzigster Stock mit Balkon und Meerblick?"

Sie nickten. Als Stammkunden genossen sie jedes Jahr im September die Ruhe der Nebensaison.

Der Lift surrte zum zwanzigsten Stock, Ingo schob den sperrigen Gepäckwagen mit ihren Koffern und Körben zur Ferienwohnung am Ende des Flurs. Sein zweites Zuhause war erreicht, hier wollte er diesmal seinem Leben eine neue Richtung geben.

Wie immer führte sein erster Weg auf den Balkon. Er atmete tief durch.

Seeluft. Klare Seeluft, die nach Salz und Freiheit schmeckte.

Dazu Möwengekreisch.

Er liebte die schnellen Gesellen, die sich mit schrillen Schreien auf alles Essbare stürzten. Die Menschen tief unter ihm auf der Promenade, wirkten wie Spielzeugfiguren. So hatte er sie am liebsten, weit weg.

Doch seine Ruhe wurde jäh unterbrochen.

„Wir haben den Senf vergessen", jammerte Barbara und forderte ihn mit einer unmissverständlichen Handbewegung auf, wieder in die Wohnung zu kommen.

Eine unwillige Grimasse zeigte sich auf seinem Gesicht. Diese Frau war nicht ruhig zu kriegen, immer nervte sie und störte ihn in seinem Frieden.

„Was schert mich der Senf. Guck lieber mal aus dem Fenster, die Peter Pan läuft gerade aus", rief er und atmete noch einmal tief die salzige Luft ein.

„Wollen wir die Würstchen denn ohne Senf essen?", kam es anklagend aus der Kochnische.

Er grollte innerlich.

„Ach was, wir gehen gleich an den Strand und essen ein Fischbrötchen!"

Damit war die Sache für ihn erledigt. Die Peter Pan zog majestätisch ihre Bahn auf die Ostsee hinaus in Richtung Schweden. Ein klein wenig beneidete er die Menschen, die winkend an der Reling der Fähre standen. Ach, könnte er doch einer von ihnen sein. Aber nein! Diesmal hatte er es im Grunde viel besser. Frivole Bilder durchzuckten sein Hirn, wenn er nur daran dachte.

Voller Vorfreude legte er den Kopf in den Nacken und lauschte nach oben. Doch auf dem Balkon über ihm tat sich nichts, was auf die Anwesenheit seiner Geliebten hinwies. Vielleicht war Madeleine noch unterwegs? Sie liebte lange Spaziergänge am Vormittag. Bald würde er sie dabei begleiten können. Ohne Vorsichtsmaßnahmen. Die Zeit war reif. Eine Zeit ohne Barbara …

Er erinnerte sich.

Angefangen hatte sein Techtelmechtel mit der heißblütigen Madeleine vor drei Jahren. Barbara lag mit verdorbenem Magen im Bett. So war Ingo bei seiner Rückkehr vom Strand Madeleine begegnet. Im Aufzug. Ganz nah beieinander standen sie. Die Eigentümerin der Wohnung über ihnen war der Inbegriff einer Femme fatale.

Als sie ihn mit ihren dunklen Augen anfunkelte, war er hin und weg gewesen. Ein Wort gab das andere, schon wenige Stunden später, während Barbara unruhig schlummerte, erlebte Ingo sein erstes heftiges Liebesabenteuer mit der unersättlichen Madeleine. Seitdem hatten sie eine Affäre.

Im letzten Jahr hatte Madeleine gefordert: Sie oder ich! Doch das war nicht möglich, denn Barbara gehörte das gesamte Vermögen.

Als Madeleine das erfuhr, funkelten ihre Augen vor Bosheit.

„Also kommt Scheidung nicht in Frage, tut mir Leid für deine Frau", sagte sie. Dann zeigte sie aufs niedrige Balkongeländer und erklärte ihm, wie leicht es doch wäre, hinunterzufallen.

„Es wird aussehen wie ein Selbstmord", hauchte sie Ingo ins Ohr.

Aber Ingo hatte Bedenken. Für ihn musste alles todsicher kalkuliert sein, als Statiker wollte er verdammt noch mal kein Risiko eingehen.

„Ich brauche ein hieb- und stichfestes Alibi", sagte er.

Madeleine, das Prachtweib, willigte doch tatsächlich ein, die Schmutzarbeit zu machen. Erstaunlich, wie mutig sie war.

„Ingo, der Regen hat aufgehört, lass uns einkaufen gehen!", störte Barbara ihn in seinen Überlegungen.

Ingo seufzte. Barbaras Ziel, die Vorderreihe, wo all die Boutiquen ihre Waren ausstellten, war immer ein teures Vergnügen. Wozu musste Barbara jetzt noch neue Kleidung kaufen, dachte er hämisch.

Aber das konnte er sie schlecht fragen. Sie wusste ja nicht, dass Sie noch an diesem Abend Selbstmord begehen würde.

Also surrten sie mit dem Lift nach unten und machten sich auf den Weg. Ingo ließ sich nicht lumpen und erfüllte fast alle Wünsche seiner kauffreudigen Ehefrau. Nur die teure Bernsteinkette, die gab es nicht mehr.

„Morgen ist doch auch noch ein Tag", sagte er jovial und küsste Barbara aufs Haar. Sie gab sich damit zufrieden.

Bepackt mit einigen Tüten schlenderten sie am Wasser der Trave entlang zurück nach Hause.

Da machte es plötzlich klatsch. Barbara guckte entsetzt auf ihre neue Jacke, die sie gerade mal seit zehn Minuten trug. Ingo konnte sich ein Grinsen nicht verkneifen. Da war doch ein Möwenschiss exakt auf der Schulter von Barbaras gelandet. Auf der Jacke, die sie eben im Laden noch todschick gefunden hatte. Ja, Barbara hatte wirklich „todschick" gesagt und Ingo war bei dem Wort „tod" ein wenig zusammengezuckt, aber nur ein ganz klein wenig.

„Igitt", fluchte Barbara nun, „ich hasse diese Viecher."

„Das bringt Glück", sagte Ingo und wischte mit einem Papiertaschentuch an dem Fleck herum.

„Auf so ein Glück kann ich verzichten, hör auf, du machst es doch nur noch schlimmer!", rastete sie aus und wollte sofort nach oben in die Wohnung, um den Schaden zu beheben.

Das gab ihm eine prima Gelegenheit, die letzten Feinheiten des Plans mit Madeleine zu besprechen. Fürsorglich begleitete er Barbara bis zum Portier. Er reichte ihr die Tüten in den Lift und nahm mit klammheimlicher Freude wahr, welch guten Eindruck er auf den Portier machte.

Ein liebevoller Gatte war er, oh ja, dieses Bild würde sich einprägen, was für Ingos weitere Pläne nicht unerheblich war.

Kaum war er wieder draußen am Strand, rief er Madeleine an. Sie wartete schon ungeduldig und überschüttete ihn mit Fragen. Ruhig redete er auf sie ein.

„Wenn heute Abend die Nils Holgersson ausläuft, ist es soweit. Ich werde mit dem Nachtportier noch ein Weilchen schnacken, fürs Alibi. Dann beginnt deine Rolle, genau, wie wir es besprochen haben. Dass du ja alles richtig machst!"

Das Abendessen mit Barbara verlief in bester Stimmung. Es war immerhin ihr letzter gemeinsamer Abend, da ließ Ingo sich gern breitschlagen, mit ihr den kitschigen Heimatfilm im Fernsehen anzuschauen.

Wenn er sich unbeobachtet fühlte, linste er über die Schulter nach draußen. Immer wieder empfand er es als aufregend, wenn die großen Schiffe in die enge Öffnung der Trave einfuhren.

Dann war es endlich soweit.

„Ich geh noch einmal zur Mole, die Nils Holgersson läuft bald aus, willst du mit, mein Schatz?"

„Damit mir noch eine Möwe auf die Jacke macht?"

„Das wäre dann wohl zu viel Glück", murmelte er grinsend, „wenn ich unten bin, rufe ich dich an, okay?"

Sie warf ihm einen dankbaren Blick zu, gerührt über seine Feinfühligkeit.

Im Lift beäugte er sein Spiegelbild und stellte fest, dass er an diesem Abend geradezu jugendlich frisch aussah. Was doch ein bisschen Seeluft und eine frische Brise bewirkten. Er zwinkerte sich zu, und schon öffnete sich die Tür des Aufzugs, er war unten angekommen.

„Na, noch ein wenig die Beine vertreten", fragte der Nachtportier und begrüßte ihn herzlich. Ingos abendliche Angewohnheit, die Ausfahrt der Schwedenfähre von der Mole aus mitzuerleben, kannte er aus den Jahren zuvor.

„Ja, aber nur kurz, meine Frau ist etwas melancholisch heute", sagte Ingo und freute sich über die Wirkung seiner Worte.

„Oh, der Frau Gemahlin geht es nicht gut?" Ein mitfühlender Blick.

Der Kerl wartet auf ein fettes Trinkgeld bei der Abreise, dachte Ingo und spielte den liebenden Gatten weiter. „Sie hat leider mal wieder mit heftigen Herbstdepressionen zu kämpfen, die Arme. Aber die Seeluft wird ihr bestimmt gut tun."

„Na, dann wünsche ich einen erholsamen Aufenthalt und meine besten Wünsche für Ihre Frau!"

Ingo bedankte sich und lief leichtfüßig die breite Treppe hinunter. Einige späte Spaziergänger und die üblichen Hundebesitzer waren ebenfalls unterwegs.

Vom Skandinavien-Kai glitt langsam die Nils Holgersson unter prachtvoller Beleuchtung aus dem Hafen.

Sie war schon auf der Höhe der kleinen Priwall-Fähre. Gleich würde Madeleine die große weiße Fähre von ihrem Fenster aus sehen und sich startbereit machen. Ihr Einsatz begann. Ein wenig zitterte seine Hand, als er sein Handy aus der Tasche zog.

Tüt, tüt, tüt, machte sein Handy, aber Barbara drückte nicht auf den erlösenden Knopf. Das gab es doch nicht. War sie womöglich eingeschlafen? Ingo fluchte innerlich. „The person you called ..." Verdammt, er wollte nicht so einen blöden Spruch hören, er wollte Barbara ans Telefon bekommen, damit der Plan funktionierte. Also noch einmal. Barbaras Name erschien auf dem Display, Ingo drückte auf „Anrufen". Auch das noch! Jetzt war ihr Handy besetzt! Er musste sie doch auf den Balkon bekommen. Wie sonst sollte Madeleine ...?

Die Nils Holgersson zog an ihm vorbei. Was ihn sonst immer in Entzücken versetzte, raubte ihm jetzt den letzten Nerv. Ruhig bleiben, ganz ruhig, ermahnte er sich und sog tief die Luft ein.

Da klingelte sein Handy.

Ein Seufzer der Erleichterung entfuhr ihm, als er Barbaras Namen auf dem Display sah.

Fast entglitt ihm das Gerät, so feucht war seine Hand.

„Barbara! Was ist mit dir los?" fuhr er sie an und versuchte sofort, diesen Fehler wieder gutzumachen, „ich meine, ich mache mir Sorgen um dich."

„Ach, wie lieb von dir. Das musst du doch nicht, mein Buch war so spannend, da habe ich dein Klingeln wohl überhört."

Ingo fasste sich genervt an den Kopf.

„Komm auf den Balkon, dann kannst du mich sehen", forderte er.

Es war keine Zeit mehr zu verlieren, bestimmt stand Madeleine schon mit seinem Schlüssel im Flur an der Wohnungstür. Ingo zog sein großes weißes Taschentuch heraus und wedelte damit herum. Auf dem Balkon oben erschien ein Schatten.

„Oh ja, ich sehe dich", sagte Barbaras Stimme im Hörer, „soll ich zu dir runter kommen?"

„Das wirst du gleich", knurrte er in sich hinein, drückte auf den roten Knopf und machte, dass er weg kam. Sein Alibi beim Nachtportier war jetzt das einzig Wichtige.

Alles Weitere da oben war Madeleines Sache.

Ein letzter Blick auf die auslaufende Fähre. Sie war schon weit draußen und würde erst am nächsten Nachmittag zurückkehren. Schwarz lag die Ostsee da, nur die Lichter der Fähre spiegelten sich glitzernd in den Wellen.

Eine Seebestattung soll sie bekommen, sinnierte er, ganz trauernder Gatte, als er die Stufen zur Portiersloge hinaufstieg. Ja, dann musste er sich nicht um die lästige Grabpflege kümmern.

Da klingelte sein Handy. Barbaras Name erschien auf dem Display.

Also Madeleine, du kleines Luder, du kennst aber auch gar keine Pietät, dachte er und drückte auf den grünen Knopf.

„Na, wie ist es gelaufen?", fragte er.

Ein Schluchzen erklang. Dann gestotterte Wortfetzen. Kaum verstand er den Sinn, denn um ihn herum kreischten die Möwen.

„Ingo, ich … also … du glaubst es nicht, aber … plötzlich stand eine fremde Frau neben mir auf dem Balkon. Sie wollte mich umbringen. Eine Verrückte, glaub mir, es war Notwehr! So komm doch endlich!"

Im Goldrausch

Lüneburg

Als Ulrich die Tür des Gold-Ankaufladens öffnete, war er sicher, der einzige Kunde zu sein. Er würde also mit dem Ladeninhaber allein sein. Das war wichtig für seinen Plan. Da kam der Mann auch schon aus dem Hinterzimmer.

„Was kann ich für Sie tun?", fragte er freundlich.

„Kaufen Sie wirklich altes Gold?", war Ulrichs Gegenfrage.

„Ja, aber gern doch. Alles, was Sie haben."

Ulrich nestelte umständlich eine Goldmünze, ein Kettchen und einen Goldzahn aus der Tasche hervor.

„Ein wenig peinlich ist mir das schon", murmelte er dabei, „bestimmt bekommen Sie sonst ganz andere Schätze angeboten. Die würde ich ja zu gern mal sehen!"

Der Ladeninhaber fühlte sich geschmeichelt und öffnete seinen Schrank.

Und dann ging alles ganz schnell.

Ulrich hatte es mehrmals zu Hause geprobt, jetzt spulte er sein Programm ab wie nichts.

Er zog die täuschend echt aussehende Pistole, öffnete die mitgebrachte Tasche und forderte: „Alles Gold da rein, aber ein bisschen plötzlich!"

Zitternd gehorchte der Mann.

„Auch das Geld aus der Kasse, aber ein bisschen dalli!"

Im Nu war die Sache erledigt, und Ulrich stand wieder auf der Straße. Seinen Fluchtweg hatte er vorher genauestens ausbaldowert. So verschwand er gemessenen Schrittes und ohne Aufsehen durch die Bäckerstraße in einer Seitenstraße. Niemand schöpfte Verdacht, als er in einem Hauseingang verschwand. Dort, hinter einem Kinderwagen, lag seine Sporttasche versteckt. Rasch stopfte er seine Verkleidung hinein.

Während er den Reißverschluss zuzog, merkte er erst, wie sehr sein Herz bummerte.

So einen Überfall schaffte bestimmt nicht jeder. Aber alles hatte bestens geklappt, nun kam der entspannende Teil seines Plans.

Ulrich fuhr mit dem Bus zum SaLü. Dort wollte er den Angstschweiß abduschen und es sich im Wellness-Bad gut gehen lassen.

Er musste sich beeilen, um noch ein Vormittagsticket zu bekommen. Das bedeutete: zwei Stunden zahlen, aber vier Stunden bleiben dürfen.

Im Nu kam er, nur mit einer Badehose bekleidet, wieder aus der Umkleidekabine heraus. Die Tasche hielt er so unverkrampft wie möglich.

Wohin damit? Suchend blickte er sich um. Ins Regal, zu den anderen Taschen. Dort würde er sie schon im Auge behalten.

Ulrich stieg die breiten Stufen ins Meerwasserbecken hinunter und ließ sich von den Wellen schaukeln. Seine Arbeit war für diesen Monat erledigt. Im Geiste rechnete er aus, wie viel Beute er wohl gemacht hatte. Zwischen fünf- und zehntausend Euro, schätzte er. An Bargeld war nicht so viel in der Kasse gewesen, dafür umso mehr Gold. Sein Raubzug hatte sich gelohnt. Sein raffinierter Plan war aufgegangen, das stimmte ihn so freudig, dass er einen Moment lang die Kontrolle verlor. Nur einen winzigen Moment.

Eine Welle schlug über ihm zusammen, er schluckte Salzwasser, prustend spuckte er es wieder aus und spähte zum Regal hinüber. Nur keine Panik, die Tasche stand unversehrt dort. Die Anspannung des Überfalls wich langsam von ihm, er verordnete sich ein paar Minuten im Whirlpool.

Als sein Blick in einen Spiegel fiel, grinste er sich augenzwinkernd zu und war mehr als zufrieden. So unscheinbar wie er aussah, würde sich niemand an ihn erinnern. Früher hatte ihn genau diese Sache gewurmt. Immerzu wurde er übersehen. Klein von Wuchs, etwas mollig und dann mit einem Allerweltsgesicht ausgestattet, das aber auch kein bisschen männlich war.

Für seine Beutezüge war aber genau diese Unscheinbarkeit von Vorteil. Seine von Natur aus rosigen Wangen und das rundliche Gesicht waren geradezu prädestiniert für eine Verwandlung. Alles war gelaufen wie geschmiert.

Genauso werde ich es im nächsten Monat wieder machen, dachte er und legte sich auf einen Liegestuhl gegenüber vom Regal, in dem seine Sporttasche mit der Beute immer noch lag. Von niemandem beachtet, aber für ihn ein herrlicher Anblick.

Ulrich stellte sich vor, Röntgenaugen zu haben und sah im Geiste den Schmuck, das viele Geld und auch die Goldmünzen schimmern.

Neben ihm lag ein dicker Kerl mit Glatze, der die ganze Zeit über Musik hörte. Ulrich hätte ihn gern in ein kleines Schwätzchen verwickelt, sein Adrenalinspiegel stieg an. Sein Selbstwertgefühl schrie geradezu nach

Aufmerksamkeit. Aber der Ohrstöpsel-Typ starrte nur übers Wasser und wippte mit dem Fuß im Takt zur Musik.

Ulrich schaute auf die Uhr. Noch über zwei Stunden durfte er bleiben. Auch wenn er fette Beute machte: Er wollte nicht großkotzig werden. Nachlösen war nicht drin. Immer schön bescheiden bleiben, so hatten seine Eltern es ihn gelehrt. Nur nicht auffallen!

Da kam eine Bikini-Schönheit aus dem Becken und wollte an ihr Handtuch. Sie reckte sich, um an ihre Tasche im Regal zu gelangen. Ulrich bekam Lust zu lachen, denn ihr Bikini-Höschen verrutschte unanständig. Aber das Lachen blieb ihm im Hals stecken. Denn noch etwas anderes geriet ins Rutschen. Seine Tasche.

Sie fiel, machte einen halben Looping, etwas Weißes, Haariges landete auf dem Boden. Daneben etwas Kariertes. Der Ohrstöpsel-Typ sprang auf. Er stürzte auf die Frau zu, drehte ihr den Arm auf den Rücken und schrie nach der Polizei.

Ulrich war wie versteinert. Er wollte fliehen. Mit Tasche oder ohne Tasche, das war ihm egal. Nur weg von hier. Aber seine Beine versagten ihm den Dienst. Sie wollten sich einfach nicht bewegen. So starrte er wie hypnotisiert aufs Geschehen.

Der Bademeister erschien, ein Bär von einem Mann.

Mit spitzen Fingern hielt der Ohrstöpsel-Typ ihm die weiße Lockenperücke entgegen und rief etwas von „Gold" und „Überfall" und „im Radio gehört".

Auch der Bademeister sagte nun: „Hab ich auch gerade gehört. Die weißhaarige Alte im karierten Rock, die den Goldladen überfallen hat. Das war also gar keine Frau?"

Ulrich wurde blass. Am liebsten wäre er untergetaucht. Aber schon richtete der Ohrstöpsel-Typ seinen ausgestreckten Zeigefinger auf ihn.

„Jetzt weiß ich wieder: Dem da gehört die Tasche!"

Alle Augen blickten auf Ulrich.

Zum ersten Mal in seinem Leben war er nicht mehr unscheinbar. Er hatte das Gefühl eine Hauptrolle zu spielen, genau hier, auf der Bühne des Lebens.

Noch kam es ihm unwirklich vor. Erst als zwei Polizeibeamte erschienen und die Handschellen klickten, war ihm klar: Es ging hier tatsächlich um ihn.

Ein Bombenfall für Nils

Ostfriesland

„Mensch Nils, mein Jung, du siehst aber käsig aus", sagte Hauptkommissar Hansen zu seinem neuen Assistenten. Nils nickte beklommen. Ihm war speiübel. „Es liegt wohl an den Krabben", würgte er hervor.

„Hier bei uns an der Küste sagt man Granat, nicht Krabben!", ließ sich der Wirt vernehmen und räumte die Teller ab.

Hätte ich bloß auf diese Granaten verzichtet, dachte Nils. Aber es war zu spät. Jetzt rebellierte sein Magen.

„Weißt du was", schlug Hansen vor, „mach mal für heute Schluss, die Verbrecherjagd kann warten." Er lachte dröhnend, denn bis auf ein paar Falschparker war momentan an der Nordseeküste nicht viel los.

Nils machte, dass er zu seinem Wagen kam. Er wollte nur noch nach Hause, schaffte es aber gerade mal bis zum nächsten öffentlichen Toilettenhäuschen. Gekrümmt wie ein Angelhaken brachte er die demütigende Handlung hinter sich.

Das war ja ein toller Einstand in Ostfriesland. Direkt von der Polizeischule in Hannover war er nach Aurich eingeteilt worden. Aber statt Leichen im Watt zu finden, fühlte er sich selbst todelend. Er seufzte.

Da hörte er die Eingangstür klappen. War Hansen ihm etwa gefolgt? Nils zog die Klotür hinter sich zu und verhielt sich ganz ruhig. Er hörte ein Plätschern, dann den Wasserhahn. Nils hoffte, gleich wieder allein zu sein. Aber, Mist, da klingelte ein Handy. Auch das noch.

Eine dröhnende Männerstimme meldete sich. „Moin. Gut dass du anrufst, bin gleich da. Klar, die Bombe habe ich dabei, alles beste Handarbeit, sogar die Zündschnur. Du wirst zufrieden sein."

Nils stockte der Atem bei dem, was er da hörte. Geradezu zwanghaft vergewisserte er sich, dass seine Waffe an ihrem Platz war. Jetzt bloß kein Geräusch machen und sich nicht verraten. Sonst würde der Kerl ihn am Ende noch umnieten.

Mit zittrigen Knien lauschte er weiter.

„Sag mal…", dröhnte der Kerl, „wo genau findet die Hochzeit statt?"

Eine Hochzeit? Nils war schockiert und stellte sich ein schreckliches Blutbad vor. Einen winzigen Moment war er unaufmerksam.

So hörte er nur noch: „ …siel, okay, alles klar. Und wann soll die Bombe hochgehen? Okay. Einundzwanzig Uhr."

Nils wagte kaum zu atmen. Das war ja … also wirklich … Er schaute auf seine Armbanduhr. Kurz vor sechs. Blieben gerade mal drei Stunden.

„Dann man tschüss", dröhnte der Typ noch, und schon klappte die Tür, er war weg.

Nils war wie elektrisiert. Er hatte seinen ersten Fall. Auf ihn kam es jetzt an. Sein Einsatz konnte eine Katastrophe verhindern. Seine Übelkeit war wie weggeblasen. Sofort wollte er Hansen benachrichtigen.

Nein. Erst musste er wissen, mit welchem Wagen der Kerl unterwegs war.

Vorsichtig, damit der Mann ihn nicht bemerkte, öffnete Nils die Tür ins Freie. Er kam sich ziemlich blöd vor, wie er da in Zeitlupe seinen Kopf hinausstreckte und nach links und rechts spähte. Es wirkte doch ziemlich auffällig.

Aber lieber blöd als tot.

Er sah gerade noch, wie ein weißer Kleintransporter davonbrauste und zückte sein Handy. Hansen war zum Glück sofort dran. Er wollte zuerst nicht glauben, was er da hörte.

„Bist du sicher?", unterbrach er Nils.

„Bombensicher."

Sie trafen sich vor der Wache, Nils stieg ins Einsatzfahrzeug um, und schon machten sie sich an die Verfolgung. Über Funk hörten sie, dass in Hooksiel ein weißer Kleintransporter mit überhöhter Geschwindigkeit gesichtet worden war. Zwei Kollegen waren gerade dabei ihn zu überprüfen.

Bange Minuten des Wartens, dann Entwarnung. Es war nur ein Fischbrötchen-Verkäufer, der seine hochschwangere Frau ins Krankenhaus fuhr.

„Dass du aber auch nicht weißt, in welchem Ort die Hochzeit stattfindet", klagte Hansen.

„Es war was mit siel am Ende", versuchte Nils sich zu erinnern.

„Das wird wohl ein Großeinsatz. Wir müssen die gesamte Küste abklappern", sagte Hansen und begann die Orte aufzuzählen, die auf siel endeten.

„Ich glaube, es war ein Mädchenname davor", sagte Nils.

„Carolinensiel! Bingo", sagte Hansen und trat das Gaspedal durch.

Kurz hinter Esens bekamen Sie die Mitteilung, dass in Carolinensiel tatsächlich eine Hochzeit in vollem Gange war.

Wenig später fuhren sie vor. Es dämmerte bereits, aus dem Wirtshaus erklang laute Musik.

„Wir wollen keine Panik", sagte Hansen, „bevor wir die Gäste evakuieren, müssen wir den Transporter suchen."

Sie fanden ihn etwas abseits, hinter dem Haus. Zwei Männer lungerten davor herum. Einer sah ständig auf die Uhr. Hansen entsicherte seine Waffe. Nils hielt sich, wie abgesprochen, hinter ihm. Lautlos pirschten sie sich an die Männer heran.

„Moin", sagte Hansen. Die Kerle fuhren herum.

„Was soll das hier werden?", schoss Hansen seine Frage ab.

„Ein gigantisches Feuerwerk", sagte der Größere. Nils erkannte sofort die Stimme, das war der Kerl vom Klohäuschen.

„Feuerwerk. Soso. Und dafür brauchen Sie eine Bombe, was?", fragte Hansen scharf.

„Genau, ich merke, Sie kennen sich aus mit Pyrotechnik. Laien sagen zu unseren Bomben ja eher Raketen", dröhnte der Kerl und deutete auf ein Areal hinter ihm, das mit rotweißen Plastikstreifen abgesperrt war.

„Da geht sie hoch, unsere Bombe. Und noch so einiges mehr. Alles handgemacht."

Hansen guckte Nils entgeistert an. Nils guckte verlegen zu Boden.

„Wir haben Prospekte und eine Feuerwerker-Lizenz, falls Sie die sehen wollen", sagte der Große und öffnete die Wagentür.

„Lass mal stecken", sagte Hansen, aber schon drückte der Mann ihm ein buntes Faltblatt in die Hand, mit grellbunten Abbildungen von Feuerwerk.

115

„Immer gern zu Diensten, falls mal ein Polizeifest steigt oder ihr junger Kollege heiratet."

„Von wegen heiraten!", sagte Hansen und knuffte Nils in die Seite, „der schreibt jetzt erstmal den Bericht über seinen Bombenfall."

Ein Toter an der Leine

Hannover

Der Kunstexperte Eberhard von Landen wurde am Mittwoch von seiner Frau Verena als vermisst gemeldet. Genau zwei Stunden, bevor man ihn tot aus der Leine fischte.

Kommissarin Christina Küper stand am Fundort und wunderte sich. Es gab keine äußeren Einwirkungen, die auf Fremdverschulden hindeuteten. War der Mann etwa freiwillig in die Leine gesprungen?

„Wenigstens wissen wir schon, wer er ist“, sagte Uwe, Christinas Assistent. Es war sein zweiter Fall, eifrig machte er Notizen.

„Also los, bringen wir es hinter uns. Die Witwe muss informiert werden. Es eilt nicht, fahr du!“, sagte Christina und warf ihm die Autoschlüssel zu.

„Inzwischen kenne ich die Schleichwege in Hannover“, wehrte er sich, „meine Freundin in München wird staunen, wenn ich ihr erzähle, dass wir einen Toten an der Leine haben.“

Christina ließ ihm die Freude an seinem vermeintlich originellen Witz und schwieg. Ihr junger Kollege würde schon noch merken, dass an der Leine so einiges zu entdecken war. Nicht nur Leichen.

Die Villa der von Landens lag am Stadtrand. Rostige Skulpturen auf dem gepflegten Rasen zeugten vom Kunstverstand des Eigentümers.

Christina und Uwe konnten allerdings wenig mit den zusammengeschweißten Schrottteilen anfangen. Sie läuteten. Es dauerte ein Weilchen, bis klappernde Absätze

118

das Nahen einer Frau ankündigten. Die Tür wurde geöffnet.

„Sie haben meinen Mann gefunden?", fragte Verena von Landen.

Statt einer Begrüßung führte sie Christina und Uwe zu ungemütlichen Stühlen aus Stahlrohr, auf denen sie Platz nahmen. So kühl wie die blonde Bewohnerin war auch die Einrichtung. Christina teilte der Witwe mit, wie und wo sie ihren Mann gefunden hatten.

„Oh, wie unangenehm", sagte Verena und setzte sich.

Uwe riss verblüfft die Augen auf. War die Ehefrau denn gar nicht traurig? Die kühle Reaktion kam ihm mehr als verdächtig vor. Auch Christina war erstaunt. Doch bevor sie weitere Fragen stellen konnte, erhob sich Frau von Landen schon wieder. „Soll ich, ich meine … muss ich … ihn identifizieren?" Sie strich eine Sitzfalte auf ihrem Rock glatt und wartete. Nur das unstete Hin- und Herhuschen ihrer Augen zeugte von Nervosität.

„Zunächst möchten wir uns mit ihnen unterhalten", setzte Christina an.

„Ich würde es gern hinter mich bringen", sagte die Witwe und ließ unmissverständlich durchblicken, dass sie die ungebetenen Besucher loswerden wollte. Uwe blieb sitzen, aber Christina bedeutete ihm mit einer Handbewegung, das Spiel mitzuspielen.

„Ich werde Ihnen in die Stadt folgen", sagte Verena von Landen, „warten Sie einen Moment draußen in Ihrem Wagen auf mich."

Schon standen Christina und Uwe wieder vor dem Haus.

„Da stimmt was nicht", Christina sah Uwe an, „lass uns mal hinten nachschauen!"

Uwe ging ums Haus und machte Christina ein Zeichen, ihm zu folgen. Was sie durchs Fenster sahen, ließ sie aufmerken. Im dem oberen Geschoss, auf der Galerie, tauchte eine männliche Gestalt auf. Leichtfüßig eilte der Mann die Treppe herunter und nahm Verena in die Arme.

„Dachte ich es mir doch!" Uwe konnte ein Grinsen nicht unterdrücken. Er klopfte an die Terrassentür, die beiden fuhren erschrocken auseinander. Dann öffnete Verena von Landen zögernd die Tür.

„Es ist nicht so, wie Sie denken …", begann sie, aber der Mann zog sie schützend in seine Arme.

„Vielleicht könnte der Herr sich vorstellen?" Uwe zückte seinen Block.

„Warum nicht? Ich habe nichts zu verbergen: Patrick Bernau. Ich bin der Steuerberater der Familie von Landen."

„Steuerberater, soso! Wo waren Sie in der Nacht von Dienstag auf Mittwoch", schoss Uwe sofort seine Frage ab. Doch der gewünschte Erfolg blieb aus, Patrick Bernau verzog keine Miene und gab bereitwillig Auskunft.

„Ich war mit Verena im Bett."

Christina warf einen kurzen Blick auf Uwe, der lautstark durch die Zähne pfiff. Er muss noch lernen, sich besser im Griff zu haben, dachte Christina und übernahm die Befragung.

„Ich nehme an, Sie werden das Alibi von Herrn Lenau bestätigen, Frau von Landen?" Die Angesprochene nickte nur.

Ihre Miene war unbeweglich.

120

„Gut. Dann muss ich Sie fragen: Hatte Ihr Mann sonst irgendwelche Feinde?"

Als sie das Wort „sonst" betonte, hob Patrick Bernau alarmiert die Augenbrauen, sagte aber nichts.

„Nicht, dass ich wüsste", sagte Verena und sah Hilfe suchend zu ihrem Liebhaber, der die Lippen zusammenpresste.

„Wem könnte der Tod Ihres Mannes einen Vorteil bringen?"

„Uns", sagte Patrick Bernau mit entwaffnender Offenheit, „wir lieben uns, Eberhard war unserem Glück im Weg und es gibt viel zu erben. Voilà: Wir beiden sind hochverdächtig. Aber wir waren es nicht. Und damit Adieu!"

Als sie wieder im Wagen saßen äffte Uwe den Mann nach. „Voilà … und damit Adieu! Was bildet sich der Typ eigentlich ein? Die scheinen sich ja verdammt sicher zu sein, dass wir ihnen nichts nachweisen können."

„Vielleicht haben sie ja tatsächlich nichts mit dem Mord zu tun?"

„Christina! Der Dreck, den die beiden am Stecken haben, der stinkt doch zum Himmel."

„Aber wir müssen es beweisen", sagte sie.

„Nichts lieber als das", knirschte er, „so ein aalglatter Wichtigtuer!"

Er lenkte den Wagen gekonnt durch den immer dichter werdenden Stadtverkehr.

Nachdem sie die Prozedur in der Pathologie hinter sich hatten – Verena hatte tonlos zu Protokoll gegeben, dass der Tote ihr Mann war – brauchten sie eine Atempause.

„Treffpunkt Kröpcke?", fragte Uwe.

„Treffpunkt Kröpcke, jawohl!"

Ihren ersten gemeinsamen Fall hatten sie im Café Kröpcke gelöst, so führte sie jetzt ihr Weg wieder an denselben Tisch. Bei einem Cappuccino resümierten sie die Fakten.

„Fassen wir mal zusammen, was wir haben", sagte Christina, „eine Leiche und zwei Verdächtige. Verena von Landen und ihr Liebhaber haben ein starkes Motiv."

Sie rührte noch mehr Zucker in ihre Tasse, beim Denken brauchte sie Gehirnnahrung.

„Weißt du eigentlich, wie ungesund das ist?", meldete sich Uwe zu Wort und deutete auf den feuchtbraunen Zucker, den Christina sich in den Mund löffelte.

„Wer mit Mord zu tun hat, fürchtet sich nicht vor Zucker", sagte sie grimmig.

Uwe nahm den Faden wieder auf. „Der Fall ist doch eindeutig. Wenn wir die beiden in die Zange nehmen, brechen sie bestimmt zusammen. Das Alibi ist keinen Cent wert: gemeinsam im Bett!"

Entrüstet stieß er sich mit beiden Händen von der Tischkante ab und kippelte mit seinem Stuhl.

„Stimmt. Aber trotzdem glaube ich nicht, dass sie es waren."

„Und darf man auch erfahren, was zu dieser Meinung führt?"

„Die Täter auf dem Silbertablett, das ist mir zu glatt", gab sie zu bedenken, „wenn wir wissen wollen, was geschehen ist, müssen wir mehr über das Opfer in Erfahrung bringen."

Christinas Handy summte, sie lauschte dem vorläufigen Bericht der Laborleute. Ertrinken nach dem Genuss

122

von K.-o.-Tropfen. Nun war Uwe völlig sicher, dass die beiden es waren. „Dem Liebhaber traue ich alles zu. Bestimmt hat er die K.-o.-Tropfen besorgt, Verena hat Eberhard einen Betäubungsdrink gemixt, und gemeinsam haben sie dann den leblosen Körper in die Leine bugsiert."

„Hört sich plausibel an, aber ich fürchte, da kommt mehr Arbeit auf uns zu. Kümmere du dich um das Opfer. Stell fest, mit wem er in den letzten Tagen zusammen war, privat und geschäftlich: das ganze Programm. Ich treffe mich mit meiner Mutter." Sie atmete durch. „Sie kannte von Landen, vielleicht erfahre ich von ihr mehr."

Christinas Mutter, die der modernen Kunst sehr zugetan war, hatte die Grotte in den Herrenhäuser Gärten als Treffpunkt vorgeschlagen. Andächtig standen sie im Raum aus nachtblauem Mosaik, in dem die üppigen Frauenfiguren der Künstlerin Niki de Saint Phalle farbenfroh nach den Sternen griffen.

„Der arme Herr von Landen", seufzte ihre Mutter, „ob er wohl jetzt im Himmel ist?"

Christina verkniff sich ein Grinsen.

„Er war ein begnadeter Kunstexperte", fuhr ihre Mutter fort, „ein Jammer, dass er tot ist." Und dann erzählte sie, dass ihre reiche Freundin stets Herrn von Landen befragte, bevor sie Bilder kaufte. „Aber vor ein paar Wochen hat selbst Herr von Landen sich geirrt. Stell dir vor: Das gekaufte Bild war eine Fälschung!"

Als Christina das hörte, klingelte es in ihrem Kopf. Das war doch was. Sie musste sofort zurück und die Kollegen von der Fälschung befragen. Vielleicht hatte der Tote ja selbst, wie Uwe sagen würde, Dreck am Stecken? Christina setzte ihre Mutter in die Linie 4 der Stadtbahn und versprach ihr einen Besuch im Sprengel Museum, sobald der Fall gelöst war.

Uwe empfing sie mit wichtiger Miene.

„Ich hab da was …"

„Na, dann mal los, was ist mit unserem Experten?"

„Ach der! Ich meine doch den Steuerberater, der hat Spielschulden!"

„Das lässt mich jetzt kalt. Sag mir mehr über das Opfer!"

Unwillig leierte Uwe herunter, was er wusste. Christinas Gesicht hellte sich auf. Was sie da hörte, passte bestens in ihre neue Theorie. Eberhard von Landen hatte Kunstexpertisen für Auktionen erstellt. Von ihm hing es ab, ob ein Bild für echt oder gefälscht gehalten wurde.

„Extrem reich konnte er damit nicht werden, die rostigen Stangen in seinem Garten waren wohl nicht gerade viel wert", sagte Uwe.

„Denkst du!" Christina erzählte ihm nun, was sie von ihrer Mutter erfahren hatte. „Ich glaube, dass Eberhard von Landen mit gefälschten Gutachten ein nettes Zusatzeinkommen hatte."

Uwes Augen glitzerten. „Okay! Finden wir heraus, von wem das gefälschte Bild stammt. Auf zur Freundin deiner Mutter!"

Die alte Dame gab ihnen gern die Adresse des Auktionshauses, wo sie das gefälschte Bild ersteigert hatte. Sie düsten sofort dorthin und bekamen Namen und Adresse des Verkäufers: Ronald Braun.

Mit Tatütata und quietschenden Reifen stoppte Uwe vor dem Atelier des Fälschers.

„Aufmachen, Polizei!" Uwe drängte den Künstler, der ein Tuch über das noch feuchte Bild hängen wollte, zur Seite und knurrte: „Na, ist das auch eine Fälschung?"

Dann nahm er Ronald Braun in die Mangel. Zuerst leugnete der Künstler, dann gab er alles zu.

„Alfred, mein Kumpel, hatte die Idee, weil meine eigenen Bilder sich nicht verkaufen ließen. Ich sollte endlich was malen, was die Leute haben wollten. Dann hat er den Kunstexperten dazu gebracht, gefälschte Gutachten zu erstellen. Aber der von Landen wollte plötzlich aussteigen und sich stellen. Da hat Alfred K.-o.-Tropfen besorgt und zu zweit haben wir den Mann dann in die Leine …"

„Fall gelöst", sagte Uwe als sie im Präsidium den Bericht verfassten, „aber mich wurmt immer noch, dass der Steuerberater und die Witwe so reich werden." Christina ließ ihn lamentieren und löffelte sich Zucker in den Kaffee.

Wer zuletzt lacht …

Quakenbrück

„**W**ir unterbrechen unser Programm für eine wichtige Durchsage: Frau Lehmann, unterwegs in einem weißen Opel Astra, wird dringend gebeten, sich zu Hause zu melden."

Anette packte das Steuerrad fester. Trotzdem machte ihr Wagen bei den Worten des Radiosprechers einen Schlenker nach rechts. Ein tiefes Glücksgefühl durchfuhr sie. So schnell hatte sie noch gar nicht mit der Nachricht gerechnet.

„Es ist soweit!" Sie frohlockte. Ihr Plan war aufgegangen. Man suchte nach ihr, das konnte nur einen Grund haben: Ihr Mann war tot in der Wohnung aufgefunden worden.

Anette grinste in sich hinein, wurde aber gleich wieder ernst. Ab jetzt musste sie ihre Gesichtszüge im Griff haben. Für eine trauernde Witwe gehörte es sich nun einmal so.

Sie verließ die E37 über die Ausfahrt Lohne/Dinklage. Nun war es nur noch ein Katzensprung nach Quakenbrück. Als sie über die Hase fuhr, musste sie an die Worte ihres Mannes denken. Wie oft hatte Karl-Wilhelm höhnisch zu ihr gesagt: „Da fließt noch viel Wasser die Hase hinab, eh du was Vernünftiges zustande bringst."

Er hatte sich geirrt. Mit seinem Tod sollte nun alles anders werden. Sein strenges Regiment hatte endlich ein Ende. Und wer war dafür verantwortlich? Sie! Die dumme Anette, die angeblich nichts Vernünftiges zustande brachte. Siegesgewiss schaute sie übers Land und genoss den Anblick der stattlichen Höfe des Artlands. Hier war sie in ihrer Jugendzeit glücklich gewesen. Bis zum Tag ihrer Hochzeit mit Karl-Wilhelm.

Dass sie ihn damals heiraten musste, hatte sie ihren Eltern zu verdanken. Sie hatten die Vernunftehe eingefädelt. Aber dafür mussten sie dann auch büßen. Die sanfte Anette kannte keine Gnade.

Ein Wohnungsbrand kostete beide Eltern das Leben. Erstickt waren sie. Das geschah ihnen Recht. Was mussten sie sich auch in Anettes Leben einmischen. Drei Jahre war das nun auch schon wieder her. Die kleine Geldsumme, die sie damals erbte, war längst ausgegeben.

Nun hatte sie es also geschafft, den letzten Störenfried zu beseitigen. Sie war frei. Und eine reiche Frau.

Schon wieder wollte sich ein Lächeln in ihr Gesicht schleichen, doch ernst presste sie die Lippen zusammen. Ein Mensch war gestorben, da hieß es traurig sein.

Beim Staubwischen hatte sie ihn ausgetüftelt, den tödlichen Plan. Genau wie bei ihren Eltern, wollte sie kein Risiko eingehen. Das Wichtigste war: weit weg zu sein, wenn das Unglück geschah.

Anette fuhr am Rathaus vorbei über den Marktplatz und überlegte, ob sie zur Beerdigung lieber den schwarzen Hosenanzug oder das anthrazitfarbene Kostüm tragen sollte. Eine teure Erdbestattung sollte ihr Karl-Wilhelm bekommen. Immerhin hinterließ er ihr ja ein beträchtliches Vermögen.

Viele Jahre lang hatte er jeden Monat ein Goldstück gekauft. So sehr sie auch bat, doch einmal eine schöne Reise zu machen oder essen zu gehen: Er kaufte nur Gold.

Als die Finanzkrise zuschlug, fühlte er sich bestätigt. Und je mehr die Medien davon berichteten, desto schlauer kam er sich vor mit seinen gehorteten Goldstücken.

„Das ist unsere Zukunft", sagte er immer, „wer weiß, was noch kommen wird."

„Meine Zukunft! Wer zuletzt lacht, lacht am besten", rief sie triumphierend, als sie an der roten Ampel halt machen musste. Die Freude sprang ihr derartig in die Glieder, dass sie den Motor abwürgte, als die Ampel Grün zeigte.

Oh, wie hätte Karl-Wilhelm sich jetzt wieder aufgeregt, wenn er mit im Auto gesessen hätte. Saß er aber nicht! Er lag tot im Wohnzimmer!

Er konnte ihr nicht mehr dreinreden. Für immer musste er schweigen.

Ins Museum werde ich gehen, wenn alles hinter mir liegt. Dort kann ich tagein, tagaus all die hübschen alten Dinge betrachten, dachte sie. Besonders die Apothekeneinrichtung dort hatte es ihr angetan.

Als sie all die Dosen und Flaschen in den blauen Regalen gesehen hatte, war in ihr der Wunsch aufgekeimt, Apothekerin zu sein. Wie einfach wäre es gewesen, als Apothekerin, ihren Karl-Wilhelm ins Jenseits zu befördern. Wie viel sauberer, als die Methode, zu der sie sich dann schließlich durchgerungen hatte.

Er war bestimmt recht unappetitlich anzuschauen, ihr toter Göttergatte, wie er dalag, erschlagen vom schweren Eichenschrank.

Allein der Gedanke daran, ließ sie schaudern. Wer ihn wohl gefunden hatte? Bestimmt die alte Frau Steckel aus dem ersten Stock! Sie hatte gewiss die Polizei gerufen. Sie spitzte ja auch sonst die Ohren und kriegte jeden Mucks im Haus mit. Da konnte ihr der Rums in der Wohnung über ihr nicht entgehen.

Noch zwei Kurven, dann würde sie vor dem Haus einparken und mit unschuldiger Miene in ihre Wohnung gehen.

Direkt vor dem Haus war ein Parkplatz frei. Ein wenig wunderte sie sich schon, keine Polizeiwagen zu sehen.

Nun gut, dachte sie, wahrscheinlich haben sie ihn schon weggeschafft. Ich war ja ziemlich lange fort.

Geschickt lenkte sie ihren Opel Astra in die Lücke. Sie nahm ihre Handtasche, die auf dem Rücksitz lag und stieg die Treppe hinauf.

Sollte sie hier wohnen bleiben? Nur zu gern würde sie näher an Everdings Mühle ziehen. Das Café Oma Plüsch würde ihr zweites Zuhause werden. Endlich Kaffee trinken gehen! Kein knauseriger Karl-Wilhelm mehr, der sie daran hinderte.

Sie drehte den Schlüssel und öffnete die Wohnungstür.

„Na, da bist du ja endlich", blaffte Karl-Wilhelm und trat auf sie zu, „ich frage mich, wo du den ganzen Tag geblieben bist."

Aus schreckgeweiteten Augen sah sie ihn an.

„Ich habe eine Ausfahrt gemacht. Wozu hat man die Polizei gerufen.?"

„Die Polizei? Wie kommst du denn darauf?"

„Im Autoradio haben sie durchgesagt, dass Frau Lehmann, unterwegs in einem weißen Opel Astra, dringend gebeten wird, sich zu Hause zu melden. Mal sehen, ob sich da etwas tut."

„Ha ha, das ist ja mal wieder typisch! Glaubst du etwa, du bist die einzige Frau Lehmann in Deutschland, die einen weißen Astra fährt?"

Erschöpft öffnete Anette die Tür des Eichenschranks, um sich einen Likör einzuschenken. Dabei löste sie den Mechanismus aus, an dem sie tagelang getüftelt hatte. Rums lag sie unter dem Schrank begraben. Von unten stieß die alte Steckel mit dem Besenstiel an die Decke und kloppte. Aber das hörte Anette nicht mehr.

Ein cleverer Coup

Celle

Ilona legte zur Tarnung ein paar Lebensmittel in ihren Einkaufswagen und schob in Richtung Kasse. Dies war nun schon ihr dritter Überfall auf eine Supermarktfiliale, so langsam gefiel ihr das einträgliche Geschäft.

Wo andere Frauen Geld ausgaben, ließ sie sich ein hübsches Sümmchen auszahlen. Nicht einmal mehr Lampenfieber hatte sie. Übung machte tatsächlich den Meister. Oder die Meisterin? Nein, sie war ein Meister, wie jeder sehen konnte.

Vor dem Spiegel am Kosmetikregal überprüfte sie kurz den Sitz ihres Sportcaps. Perfekt, kein blondes Haar zu sehen. Auch das braune Bärtchen klebte am Kinn, also los!

Schon stand sie mit der Waffe in der Hand vor der Kassiererin.

„Her mit dem Geld, aber plötzlich!", blaffte sie und reichte eine Plastiktüte rüber.

Die Frau guckte wie hypnotisiert in ihre Kasse und griff zitternd nach Scheinen und Münzen. Da näherte sich eine weitere Kundin mit ihrem Einkaufswagen.

„Auf den Boden!", bellte Ilona und zeigte die Waffe. Die Frau gehorchte. Klirr, schepperten Münzen, die Kassenfrau bückte sich.

„Mach keine Zicken", zischte Ilona. Die arme Frau nickte mit hochrotem Kopf und reichte die knisternde Tüte über das Laufband. Rekordzeit, dachte Ilona, grapschte danach, und schon war sie wieder draußen.

Während sie in ihrem Versteck hinter den Müllcontainern die Kleidung wechselte, ertönten Polizeisirenen. Ilona hörte quietschende Reifen und schlüpfte in ihr Kleid. Schnell noch die hochhackigen Pumps übergestreift! Sportcap ab! Ihre langen Haare fielen lockig über die Schultern. Die Plastiktüte mit der Beute stopfte sie zusammen mit dem Trainingsanzug in ihre bunt geblümte Stofftasche. Fertig.

Mit elegantem Hüftschwung stöckelte sie zur Fußgängerzone. Schaute sich die Auslagen an, tupfte sich vor einer Parfümerie gelassen ein Duftpröbchen hinters Ohr und stieg wenig später siegesgewiss in ihren kleinen roten Flitzer. Gerade ließ der Turmbläser seinen Ruf von der Celler Stadtkirche ertönen.

Am Celler Knast beschleunigte sie. Die Stacheldrahtrollen auf den dicken Mauern wollte sie nicht länger als nötig sehen. Immerhin wurden inzwischen 3.000 Euro Belohnung für die Ergreifung des Täters versprochen. Ilona grinste. Wer würde eine langbeinige Blondine schon mit einem schmächtigen bärtigen Bürschchen in Zusammenhang bringen?

In ihrer Wohnung ließ sie sich ein duftendes Schaumbad ein. Sie räkelte sich wohlig in der Wanne, da klingelte es. Wer konnte das sein? Sie erwartete keinen Besuch. Nun wurde derb gegen die Tür gebummert.

„Aufmachen, Polizei!"

Ilona schlüpfte in ihren Bademantel und öffnete. Zwei Uniformierte drängten in die Wohnung.

„Wo ist der Kerl", blaffte der eine.

„Welcher Kerl?", fragte sie erstaunt.

„Der Täter aus dem Supermarkt, er muss hier sein!"

„Bei mir?", sie guckte die beiden kokett an.

„Ja, das hat die Handy-Ortung ergeben", sagte der Polizist und zog einen Zettel aus der Tasche. Kaum hatte er die notierte Nummer in sein Handy eingegeben, ertönte ein melodischer Klingelton aus ihrer Stofftasche an der Garderobe. Ilona wurde blass. „Wie kommt das?", stammelte sie.

„Tja, die Frau an der Kasse war cleverer als Sie", sagte der Polizist, „sie hat ihr eigenes Handy mit dem Geld in die Tüte gepackt. Da konnten wir den Täter ähäm, die Täterin schnell ausfindig machen." Bevor die Handschellen klackten, durfte Ilona sich noch etwas überziehen.

Der letzte Sonnenuntergang

Sylt

Jetzt ist die alte Schachtel reif, dachte Leander. Viel zu viel Zeit und Geld hatte er schon in die Neunzigjährige an seiner Seite investiert. Er konnte ihren pfeifenden Atem nicht mehr hören, ihr aufdringliches Parfüm nicht mehr riechen und ihren Anblick erst recht nicht mehr ertragen. Er musste handeln.

Sie verließen gerade die Friesenstube in Westerland, wo er eine Zeche hatte bezahlen müssen, die nicht von schlechten Eltern war.

Schon am Nachmittag, im Wiener Café hatte Leander sich nicht lumpen lassen und zur dicken Torte auch noch Cognac bestellt.

Alles für die gute Sache, wie er sein geplantes Abzockprogramm im Geiste nannte. So langsam musste nun aber auch endlich Geld zurückfließen.

„Dass ich das noch erleben darf", schwärmte Ottilie, „mit dir ist mein Leben wieder erträglich geworden, dabei könntest du mein Sohn sein!"

Genau, dachte er, ich werde bald siebzig, da ist Schluss mit Heiratsschwindel. Er grinste. Sein Plan war perfekt. Bald würde er reich sein.

Aufmerksam reichte er ihr den Arm, führte sie zu seinem Wagen und öffnete den Schlag. In der Abenddämmerung fuhren sie schweigend in Richtung Wenningstedt.

„Ich will dir ja nicht wehtun ... ", begann er. Zart und einfühlsam musste man mit den Weibern umgehen.

Immer hübsch der Reihe nach: erst die Spendierhosen vorführen, dann kam die Mitleidstour. Das musste einfach klappen.

„Du mir wehtun? Nein, mein Lieber, das kann nur die böse Osteoporose", entgegnete Ottilie.

„Dann ist ja gut", fuhr er fort, „ich weiß, dass du tapfer bist, denn morgen heißt es Abschied nehmen."

„Abschied? Was willst du damit sagen?", protestierte sie schrill. „Du darfst mich nicht verlassen."

Mit ihrer knochigen Hand griff sie resolut ins Lenkrad und krallte sich an seiner Faust fest. Er musste stark gegenlenken, um nicht im Graben zu landen.

„Nun mal sachte, meine kleine Krabbe. Auch ich habe Schmerzen."

Er hielt an der nächsten Einbuchtung an, zog theatralisch ein Röhrchen aus der Brusttasche und warf eine Tablette ein.

„Nur damit halte ich durch", stöhnte er, „ich wollte es dir so gern verheimlichen, aber nun geht es nicht mehr."

Ottilie starrte ihn entgeistert an. Also ging er gleich in die Vollen.

„Ich habe einen Gehirntumor und werde demnächst operiert."

Sein Blick schweifte wehmütig in die Ferne, doch aus dem Augenwinkel beobachtete er ihre Reaktion. Es klappte wie am Schnürchen, sie verstand die Botschaft.

„Was sagst du da!", stieß sie gepresst hervor.

„Zum Glück habe ich einen Arzt in Ungarn gefunden", spielte er seinen Trumpf aus, „du weißt ich bin kein Krösus! In Amerika kostet sowas bestimmt eine Viertelmillion!"

Ottilie riss die Augen auf.

Leander zog den medizinischen Befund hervor. Ein zweiseitiges Schreiben, mit goldenem Briefkopf. Mit Fachausdrücken aus dem Internet und seinem Farbdrucker hatte er es selbst erstellt. Eine Meisterleistung. Ottilie starrte darauf und bekam feuchte Augen.

„Du wirst dich nicht von einem Quacksalber operieren lassen", bestimmte sie.

„Da bleibt mir wohl keine andere Wahl", gestand er und drückte ihre Hand.

„Aber ich habe doch Geld genug", schnurrte sie, „ich kann es ja nicht mit ins Grab nehmen. Gleich morgen gehe ich zur Bank und hole, was du brauchst."

Sie drückte seine Hand, seufzte tief und steckte seinen Brief ein. Dann ließ sich nach Hause bringen. Leander rieb sich die Hände. Ein lukratives Kapitel seines Lebens näherte sich der Vollendung. Nun hieß es nur noch abwarten und kassieren.

Am nächsten Tag tat Ottilie sehr geheimnisvoll am Telefon.

„Hol mich ab!", sagte sie nur. Auch während der Fahrt ans Meer, war sie recht still. Aber aus ihrem Picknickkorb lugte eine Champagnerflasche hervor. Ein gutes Zeichen.

Auf ihrer karierten Decke in den Dünen stießen sie an.

„Na, meine kleine Krabbe", sagte Leander und löffelte Hummercocktail in sich hinein, „was hat die Bank gesagt?"

„Nichts", sagte sie und tupfte mit der Serviette eine Träne aus dem Augenwinkel. „Ich habe meinem Nachbarn dein Arztgutachten gezeigt. Du weißt doch, der im Reetdachhaus nebenan. Er war früher Gehirnchirurg."

Leander wurde vor Schreck der Kragen eng. Eine lähmende Müdigkeit kroch in seine Glieder.

Ottilie sprach weiter. „Dein Fall ist aussichtslos", sagte sie tonlos, „eine Operation wäre tödlich. Und meine Osteoporose wird auch von Tag zu Tag schlimmer. Ein schmerzloser Tod ist alles, was ich uns noch bieten kann."

Sie lächelte tapfer und zeigte erst auf den Hummercocktail, dann nach Westen. „Unser letzter Sonnenuntergang."

Juwelenraub im Grand Hotel

Bad Pyrmont

„Jetzt schmeckt der Lachs gleich noch besser!",
sagte die alte Dame mit Nachdruck und nahm
einen Schluck Sekt. Sie saß mit ihren Freundinnen im
Frühstücksraum des Grand Hotels in Bad Pyrmont und
ließ es sich schmecken.

Dabei bekam sie gar nicht mit, wie sie vom Nebentisch aus beobachtet wurde. Ein junges Pärchen saß da,
mit gespitzten Ohren.

Katja und Boris entging kein Wort der Unterhaltung.
Ihr besonderes Interesse galt dabei dem Schmuck der alten Damen. Darauf hatten sie es abgesehen. Nur deshalb waren sie überhaupt im Hotel.

„Hast du gesehen, was für Brillies die Frau trägt?",
wandte sich Katja an Boris.

„Neidisch?"

„Ich doch nicht!", sagte sie mit diesem gewissen
Glanz in den Augen, den Boris so liebte. Katja war vor
einigen Monaten zu ihm nach Hameln gezogen. Nun
musste er ihr etwas bieten. Über sein Geschenk zu ihrem Geburtstag hatte sie nur höhnisch gelacht.

„Ein Fahrrad? Glaub ja nicht, dass ich dich auf deinem Weserradweg begleite!", hatte sie gesagt, „kauf mir
lieber einen feinen Pelz für den Winter!"

Den Pelz sollte sie haben, wenn er nur erst die Juwelen geklaut hatte.

„Bald gehören die Klunker uns", sprach er sich
selbst Mut zu, seine Stimme wurde zu einem Flüstern.
Die Dame am Nebentisch dagegen tönte immer lauter.

140

Stolz reckte sie ihren Ringfinger in die Höhe, an dem ein großer Stein funkelte. In ihren Augen lag ein sehnsüchtiges Glitzern.

„Jetzt habe ich überall meinen verstorbenen Mann dabei", flötete sie, „der Diamant ist aus seiner Asche!"

Die anderen Damen staunten.

„Ist das nicht furchtbar teuer?", fragte eine.

„Billig war es nicht. Aber so kann ich Hugo heute Abend zum Turnier mitnehmen. Drei Stunden lang Bridge! Er hat doch immer so gerne Karten gespielt."

Boris und Katja sahen sich an. Besser konnte es nicht laufen. Diese Information passte hervorragend zu ihrem Plan.

„Dann steht uns ja nichts mehr im Weg", flüsterte Boris, „die alte Schachtel wird lange genug beschäftigt sein."

Er holte sich eine weitere Portion Rührei und Bratwürstchen. Das Frühstück sollte möglichst lange satt machen. Die Hotelrechnung würde teuer genug sein, da konnten sie sich nicht auch noch ein Mittagessen leisten.

Nach dem Frühstück schlenderten sie durch die Brunnenstraße.

„Reich müsste man sein!", seufzte Katja beim Anblick all der schönen Dinge in den Auslagen der Schaufenster.

„Warte ab, es dauert nicht mehr lange."

„Hoffentlich! Du hast es mir versprochen, da oben, auf dem Turm!"

Sie zeigte mit ausgestreckter Hand hinauf zum Spelunkenturm über der Stadt. „139 Stufen, total verschwitzt war ich …"

Sie keuchte.

„Ja, aber was habe ich dir gezeigt? Das Grand Hotel. Und schon wohnen wir da und holen uns die Klunker der alten Lady."

Beim Weitergehen legte er seinen Arm um ihre Schulter und erklärte ihr noch einmal ganz genau seinen Plan.

„Ich verkleide mich als Etagenkellner, verschaffe mir die Schlüsselkarte des Zimmermädchens und schwupp-diwupp: Der Schmuck gehört uns."

Er drückte sie an sich.

„Aber was machen wir bis zum Abend?"

„Seifenblasen!"

„Seifenblasen?"

„Wir besichtigen die Dunsthöhle, dann weißt du, was ich meine", sagte Boris mit einem Glitzern in den Augen.

Katja wusste sofort, dass er etwas im Schilde führte, aber was?

Inmitten der anderen Neugierigen standen sie wenige Minuten später auf der Besucherplattform und schauten auf die ausgemauerte Grube der Dunsthöhle.

„Es ist die einzige in ganz Europa", sagte der Stadt-führer und erklärte, wie gefährlich das tödliche Gas war, das durch die Risse der Steine strömte.

„Keine Sorge, so lange man oben bleibt, kann nichts passieren", sagte er, „das Gas ist schwerer als Sauerstoff, es bleibt da unten."

Er holte ein Röhrchen Seifenblasen und blies sie in die Grube. Dort, wo das Kohlendioxid stand, tanzten die schillernden Blasen. Katja wunderte sich, dass sie minutenlang nicht platzten. Das gefiel ihr, so sollte es auch mit ihrem Traum vom Reichtum sein. Er durfte nicht zerplatzen. Als sie wieder draußen waren, zeigte Boris ein selbstzufriedenes Grinsen. Triumphierend zog er zwei zerknitterte Geldscheine aus der Hosentasche.

„Die sehen ganz schön mitgenommen aus", sagte Katja.

„Sind sie auch." Er grinste. „Ich wollte nicht aus der Übung kommen. Der Typ neben mir hat so hingerissen zugehört, da habe ich mal kurz seine Brieftasche gezogen und mich bedient."

„Du bist ein Schlawiner", sagte Katja und hakte sich bei ihm unter, „dann können wir ja Kaffee trinken gehen."

In der Brunnenstraße blieb Boris vor dem Lederwarengeschäft stehen.

„Welche willst du haben?"

Katja musste nicht lange überlegen. Sie gingen hinein. Mit einer neuen Handtasche spazierte Katja wieder heraus.

Je näher der Abend rückte, desto kribbeliger wurde sie. Boris bemühte sich, ruhig zu bleiben. Er drehte die Türkarte des Zimmermädchens zwischen den Fingern.

„Unsere Eintrittskarte ins Glück", sagte er und hoffte, dass niemand den Diebstahl bemerkt hatte. Erst, als das Zimmermädchen den letzten Raum gesäubert hatte und ihren schweren Putzwagen zum Fahrstuhl schob, hatte er sie angerempelt und ihr die Karte geklaut. Nun lag er auf dem Bett und überlegte seine weiteren Pläne.

„Ein Kumpel von meinem Kumpel kennt einen Juwelier, der gebrauchte Juwelen kauft. Ich habe die Adresse. Da werden wir morgen hingehen und abends ..."

„Was abends?"

„Abends ist die Spielbank dran. Wir wollen das Geld doch vermehren, oder?"

„Ich weiß nicht, sollten wir nicht lieber verschwinden, wenn wir den Schmuck verkauft haben?"

„Ach was, hier in Bad Pyrmont ist alles hübsch nah beieinander, der Reichtum fällt einem im Casino geradezu in den Schoß. Den nehmen wir noch mit."

Sorgfältig kleidete er sich an, stülpte eine schwarze Perücke über, klebte sich einen dunklen Schnauzbart an und drehte sich um. Sie wollte in prustendes Lachen ausbrechen.

„Na, wie gefalle ich dir?"

„Blond mag ich dich lieber. So siehst du aus wie ein Lackaffe."

„Wirklich?" Boris überprüfte den Sitz der falschen Haare im Spiegel und streifte weiße Handschuhe über. Dann schnappte er sich das Tablett vom Nachttisch. „So, jetzt noch die Flaschen aus der Mini-Bar!"

Boris arrangierte Jägermeister, Cola und Bier hübsch sortiert auf dem Tablett. „Ich gehe jetzt zur Arbeit. Drück die Daumen, dass alles glatt geht."

Erst jetzt wurde ihm so richtig klar, dass das, was er vorhatte, eine Nummer größer war als ein Taschendiebstahl. Sein Adrenalinspiegel stieg, er atmete noch einmal tief durch und verließ das Zimmer.

Auf dem Gang kam ihm ein dicker Mann im Bademantel entgegen. Boris ließ sich davon nicht aus der Ruhe bringen, er nickte höflich und wünschte einen guten Tag. Er musste ein Stockwerk höher und nahm selbstbewusst den Aufzug. Das Glück war ihm hold, der Aufzug war leer.

Ungesehen schlüpfte er ins Zimmer 306.

Die Lady war zum Bridge, er konnte sich bedienen. Im Kleiderschrank stand der Schmuckkoffer. Ein kleines Ding aus Leder mit vier Schubladen. In der obersten war eine Steckleiste, prall gefüllt mit Ringen.

Er pflückte die wertvollsten wie reife Himbeeren und steckte sie in die Hosentasche. Goldene Armbänder und Halsketten ließ er in den Schubladen. Es waren kleine Fische, verglichen mit dem Diamant-Collier, das er und Katja am Morgen am Hals der Dame gesehen hatten. In der untersten Schublade lag es. Ganz für sich allein. Boris pfiff durch die Zähne. Er war am Ziel seiner Träume. Sorgfältig stellte er den Schmuckkoffer wieder in den Schrank zurück, damit die Lady vor dem Schlafengehen nicht bemerkte, dass etwas fehlte. Morgen würden sie schon über alle Berge sein.

Erleichtert fiel ihm Katja um den Hals, als er mit Siegermiene zurückkam.

„Besser hätte es nicht klappen könnten, wie lange war ich weg?", wollte er wissen.

„Zehn Minuten, aber es kam mir vor wie zehn Stunden."

„Warum hast du nicht ferngesehen?"

„Weil es plötzlich klopfte. Ich dachte, du kommst zurück, aber es war der Zimmerkellner, der die Mini-Bar auffüllen wollte."

„Was?", Boris brach in Gelächter aus.

„Ja. Er hat mich ganz schön blöd angeguckt, weil sie so leer war. Da haben wir morgen noch eine Extra-Rechnung."

„Egal, das können wir uns leisten."

Er zeigte ihr die Schätze. Sie war besänftigt und legte sich das Collier sofort um den Hals.

„Nein, mein Täubchen, gewöhn dich gar nicht erst daran. Wir müssen es morgen zu Geld machen."

Katja zog einen Schmollmund und rümpfte ihr verwöhntes Näschen, aber sie sah ein, dass es besser war, die Juwelen zu verstecken.

Ohne Frühstück fuhren sie am nächsten Morgen zum Juwelier-Geschäft. Boris hatte ihren Besuch telefonisch angekündigt, der Juwelier führte sie gleich ins Hinterzimmer. Dort zog Boris einen Beutel aus Katjas Handtasche und legte drei Ringe und das Collier auf ein schwarzes Samtkissen.

Der Juwelier nahm seine Lupe, doch bevor er sie ins Auge klemmte, hielt er das Collier in die Höhe.

„Diamanten sollen das sein? Dass ich nicht lache!", rief er empört, „das ist geschliffenes Glas, gut gearbeitet zwar, aber höchstens hundert Euro wert."

„Nein!" Boris stampfte mit dem Fuß auf, „Sie wollen nur den Preis runterhandeln. Aber nicht mit mir. Ich hab das Collier von einer Lady, die jede Menge Schmuck …"

Katja sah ihn entsetzt an. Wollte er etwa alles ausplaudern?

„Komm, Freundchen", sagte der Juwelier und reichte ihm einen Hammer, „probier es doch selbst. Einen Diamanten kannste nicht klein kriegen. Glas schon. Hau drauf!"

Mit Wucht schlug Boris auf den tropfenförmigen Diamanten in der Mitte des Colliers. Glassplitter spritzten durch die Luft.

„Autsch!" Boris griff sich ans Auge und fluchte. Einer der Splitter hatte ihn getroffen. Blut rann ihm die Wange hinunter.

Da klingelte die Ladenglocke.

„Kundschaft", sagte der Juwelier, „ich muss nach vorn."

Boris ließ sich auf einen Stuhl fallen, Katja tupfte ihm mit einem Papiertaschentuch das Blut aus dem Gesicht.

„Na, was haben wir denn da?" Ein Polizist kam herein und schaute interessiert den Schmuck an.

„Gehört das Ihnen?"

„Ja, warum?"

„Die Ringe wurden gestern am späten Abend als gestohlen gemeldet. Sie sind verhaftet."

„Aber ich habe doch gar nichts …", stammelte Boris verblüfft, „woher wissen Sie jetzt schon …?"

Der Juwelier lächelte.

„In Bad Pyrmont sind die Wege kurz, die Polizei ist schnell, und die Juweliere sind ehrlich", sagte der Polizist und zwinkerte dem Juwelier zu.

Krumme Touren

Bremerhaven

Es klingelte an der Wohnungstür. Erna erhob sich seufzend vom Küchentisch und schaute erst einmal durch die Spion, bevor sie die Tür öffnete.

„Mein Gott, Karsten, du bist schon da? Eben erst ist meine Kundin gegangen." Erna ließ ihren Sohn ein und schlurfte vor ihm zurück in die Küche.

„Deine Kundin?", fragte Karsten neugierig, „meinst du die niedliche mit dem blonden Pferdeschwanz?"

„Genau die. Hat sie dich etwa gesehen?"

„Glaube ich nicht, sie ist an mir vorbeigelaufen. Aber was wäre daran denn so schlimm?"

Erna sammelte ihre Spielkarten ein und setzte eine wichtige Miene auf.

„Sie darf nicht wissen, dass du mein Sohn bist."

„Hä? Warum denn das nicht?" Ein Leuchten ging über sein Gesicht. „Soll ich etwa mal wieder den Herzbuben spielen?"

„Du hast es erfasst!", sagte Erna, „diesmal haben wir einen Goldfisch an der Angel. Die Kleine bezahlt ohne mit der Wimper zu zucken hundert Euro pro Sitzung."

Karsten starrte seine Mutter an. Wie sie so dasaß vor dem nachtblauen Stoff mit den goldenen Sternen, das hatte schon was. Sie verstand es wirklich, aus nichts, Geld zu machen.

Seit sie vor einigen Jahren beschlossen hatte, als Wahrsagerin zu arbeiten, ging es finanziell bergauf. Sie machte gute Geschäfte. Erna erhob sich. Sie zog den

Theaterstoff zur Seite. Der stimmungsvolle Abendhimmel hing über einer Wäscheleine, die quer durch die Küche gespannt war. Dahinter kam eine Küchenzeile aus billigem Resopal zum Vorschein. Erna gab Karsten ein Bier. Während er trank, erklärte sie ihm ihren Plan.

Als Madame Rosa hatte sie der niedlichen Blonden vorausgesagt, dass sie in Bremerhavens Auswandererhaus einen jungen Mann kennen lernen würde. Wie alle jungen Frauen, die zu Erna kamen, war auch diese vor allem daran interessiert, etwas über zukünftige Liebesabenteuer zu hören.

Ernas Fantasie was Liebe und Leidenschaft anging, war bodenständig und nicht sehr originell. Aber meistens traf sie genau ins Schwarze. Sie kannte sich aus mit den Sehnsüchten ihrer Kunden.

„Im Auswanderhaus kommst du ins Spiel, Karsten. Du wirst die Anneli rein zufällig kennen lernen. Du weißt schon: Einladung zum Kaffee, Liebe auf den ersten Blick, das volle Programm. Genauso, wie ich es ihr vorhergesagt habe. Sie hat Geld, das sagen die Karten."

Karsten grinste. Gegen ein Abenteuer mit einer reichen Blondine hatte er nichts einzuwenden. Da wollte er gern mitspielen.

So fuhr er drei Tage später zum Hafen und löste eine Eintrittskarte fürs Museum. Suchend schaute er sich in den Räumen um. Alles war dort so arrangiert, wie es damals die Auswanderer vor der Abfahrt ihres Schiffes erlebten. Zwischen den lebensgroßen Figuren der Auswanderer entdeckte er Anneli. Er trat auf sie zu.

„Ist das nicht bedrückend?", fragte er und deutete auf die armseligen Gestalten, die an der Kaianlage standen.

„Ja, dagegen geht es uns heute ganz schön gut!"

Anneli und sah ihn erwartungsvoll an. Er sah ihr tief in die Augen und lächelte. Sie lächelte zurück.

Karsten stellte sich vor und erfuhr nun auch von ihr, dass sie Anneli hieß. Fast hätte er gesagt „Weiß ich doch", aber er biss sich gerade noch rechtzeitig auf die Lippen und konzentrierte sich, um ja keine Fehler zu machen.

Hintereinander stiegen sie aufs nachgebaute Schiff. Galant ließ er ihr den Vortritt und berührte sie dabei leicht an der Schulter. Im beengten Zwischendeck kamen sie sich noch näher. Nach und nach tischte er ihr einige Lügen über sein Leben auf und lud sie abschließend zu einem Kaffee im Museumslokal ein, was Anneli augenscheinlich gern annahm.

„Ich war auch mal drauf und dran auszuwandern", seufzte sie und löffelte den Schaum vom Cappuccino. „Erst hatte mich mein Freund verlassen, dann habe ich auch noch den Job verloren ..."

Aha, deshalb ist sie zu einer Wahrsagerin gegangen, dachte Karsten. Er fragte sich nur, wo das Geld sein sollte, das seine Mutter in den Karten gesehen hatte. Ohne Job war kaum eine Stange Geld zu verdienen.

Anneli plapperte fröhlich weiter. „Aber dann ging es wieder bergauf. Mein Bruder hat mir einen Tipp gegeben, wie ich mein gespartes Geld vermehren konnte. Das habe ich getan." Geräuschvoll schlürfte sie den Cappuccino.

„Wie meinst du das mit dem Vermehren?", wollte Karsten wissen.

„An der Börse! Mein Bruder kriegt da Insidertipps. Ich gebe ihm das Geld, er vermehrt es."

„Einfach so?"

„Einfach so!"

„Könnte ich da auch mitmachen? Ich meine ... mit meinem Geld?"

„Warum nicht? Mein Bruder hat bestimmt nichts dagegen. Beim letzten Mal hat er die Summe sogar verdoppelt!"

Karsten bat sich Bedenkzeit aus. So schnell wollte er einer wildfremden Frau nun doch nicht sein Erspartes geben.

„Klar", sagte Anneli, „kein Problem. Wenn du mitmachen willst, komm einfach morgen zum Bahnhof und gib mir das Geld."

Nachdem sie ihm Zeit und Treffpunkt genannt hatte, trennte er sich von ihr mit einer kurzen Umarmung und eilte zu seiner Mutter. Obwohl er nicht so recht an ihre Kartenkünste glaubte, hielt er es für das Beste, dass Erna der Kleinen vorher auf den Zahn fühlte. Mit allen Mitteln, die ihr zur Verfügung standen.

„Vorsicht ist die Mutter der Porzellankiste", sagte Erna dann auch und legte nicht nur die Karten. Sie holte noch Kaffeesatz und Glaskugel hervor, dann gab sie grünes Licht. „Karsten, ich sehe einen Haufen Geld. Die Kleine ist wirklich auf eine Goldader gestoßen, das Geschäft dürfen wir uns nicht entgehen lassen."

Noch immer zögerte Karsten. Sein Konto war zwar nicht in den roten Zahlen, aber allzu dicke hatte er es nicht. Als er nun aber hörte, dass Erna selbst auf jeden Fall 5.000 Euro locker machen wollte, holte er dieselbe Summe von der Bank.

Am nächsten Tag gab er Anneli das Geld. Sie steckte es in ihre Handtasche. Karsten atmete tief durch. Ob er die junge Dame wohl wiedersehen würde? Was, wenn sie mit den Scheinen auf Nimmerwiedersehen verschwand?

„Nächsten Donnerstag treffen wir uns wie verabredet im Klimahaus, dann bringe ich dir dein Geld!", rief Anneli aus dem Zugfenster und warf Karsten eine Kusshand zu. Karsten beschloss, ihr zu vertrauen.

Ein wenig flau in der Magengegend war ihm schon, als er am nächsten Donnerstag vor dem Klimahaus auf Anneli wartete. Was, wenn sie nicht kam? Ob Ernas Blick in die Glaskugel wirklich so sicher war?

Da bog Anneli um die Ecke. Ihm wurde heiß und kalt, als er die Scheine, gut verpackt in einem wattierten Briefumschlag, in Empfang nahm. Da brauchte er kein Klimahaus mehr. Er wollte sofort zur Bank und das Geld einzahlen.

„Du könntest es noch einmal verdoppeln", lockte Anneli.

„Nein. Man sollte nicht zu gierig sein", spielte er den Vernünftigen, das sah sie ein. In Wirklichkeit hatte er Angst, dass das Spielchen ein Trick war, um ihm eine größere Summe zu entlocken. Aber nicht mit ihm. Er hatte in den letzten Tagen genug Blut und Wasser geschwitzt. Noch einmal wollte er eine solche Achterbahnfahrt der Gefühle nicht erleben. So verabschiedeten sie sich erst einmal.

„Melde dich, wenn du mal wieder verdoppeln willst", sagte sie mit einem Lachen in den Augenwinkeln, „hier die Karte mit meiner Adresse."

„Mach ich!", sagte er, steckte die Karte ein und nahm den Bus.

Der Sachbearbeiter in der Bank sah hoch, als Karsten mit dem dicken Briefumschlag ankam.

„Na, mal wieder was einzahlen?"

„Stimmt!"

Karsten reichte die Scheine hinüber. Es schien ihm alles nicht geheuer zu sein. Man sah ihm an, wie unangenehm ihm alles war.

Die Miene des Bankers verfinsterte sich. „Wollen Sie mich verschaukeln? Das sind lauter Blüten, alles Falschgeld!"

„Das kann nicht sein, Moment", stammelte Karsten und zog Annelis Visitenkarte heraus, um sie anzurufen. Die Nummer war falsch. Verdutzt schaute er auf die Adresse, sie kam ihm irgendwie bekannt vor.

„Columbusstraße 65", murmelte er. Der Sachbearbeiter schaute ihn an und griff zum Hörer, um die Polizei zu benachrichtigen. Und genau in diesem Moment fiel Karsten ein, woher er die Adresse kannte.

Das Auswandererhaus, genau!

Ewige Ruhe

Mölln

Jan Klemme stand am Kirchturm von St. Nikolai und genoss den herrlichen Blick über die Altstadt von Mölln. Ein intensives Vorgefühl von Freiheit erfasste ihn.

„Heute bringe ich es hinter mich", sagte er mit fester Stimme, „keinen Tag länger will ich das Nörgeln und Keifen mitmachen."

Entschlossen stieg er die Treppenstufen zum Marktplatz hinunter und schaute hinüber zum Eulenspiegel-Brunnen. Wie immer standen ein paar Touristen vor dem Sockel und reckten sich, um Daumen und Schuhspitze des weltberühmten Narren zu reiben. Das sollte geheime Wünsche erfüllen.

Jan grinste ins sich hinein. Den goldenen Daumen von Till Eulenspiegel brauchte er nicht für die Erfüllung seiner Träume. Er verließ sich da lieber auf seinen eigenen grünen Daumen. Mit dem hatte er ganz hinten in seinem Gärtchen ein paar Pflanzen angebaut. Heute sollten sie zum Einsatz kommen. Die Zeit war reif.

„Ich werde meiner keifenden Alten für immer das Maul stopfen", brummelte er vor sich hin und schlurfte übers Kopfsteinpflaster nach Hause.

Was er mit dem Geld aus Elkes kleiner Lebensversicherung machen wollte, war auch schon klar: ein vernünftiges Begräbnis für seine Frau, da sollte ihm keiner was nachsagen können. Und dann: ein tragbarer Fernseher für seine Laube im Garten. Den Rest würde er in den Gasthäusern verjubeln. Nach und nach. Immer hübsch bescheiden bleiben. Um keinen Preis auffällig werden. Es sollte ja niemand denken, dass er es aufs Geld abgesehen hatte.

Jan musste sich sputen. Seine ewig hungrige Elke wartete sicher schon ungeduldig aufs Abendessen. Das sollte sie bekommen, Jan hatte alles bestens vorbereitet. Er musste die Zutaten nur noch aufwärmen.

„Warum kommst du so spät?", keifte Elke, als er das Haus betrat. „Ich komme um vor Hunger!"

„Nimm schon mal Platz, es geht gleich los", besänftigte er sie und betrat sein Reich, die Küche.

Er wärmte die Suppe auf und streifte Gummihandschuhe über. Aus dem dicken Buch aus der Stadtbücherei wusste er: Den blauen Eisenhut durfte man nicht einmal berühren, so giftig war er.

Jan streute eine feine Prise über Elkes Hühnersüppchen. Nachdem er es serviert hatte, ging er schnell noch einmal in die Küche und stellte die Teller für den nächsten Gang bereit.

Elke schlürfte die Giftsuppe mit Behagen. Er selbst nahm vor Aufregung nur wenige Löffel seiner Portion zu sich. Immer wieder schaute er in das verhasste Gesicht ihm gegenüber. Noch war keine Reaktion zu sehen. Also ran, an den nächsten Giftgang! Er servierte das Hauptgericht.

„Schmeckt es dir?", fragte er scheinheilig, als Elke auch die Rindsroulade in sich hineinschlang, unersättlich, wie sie war. Sie nickte und sah ihn mit glänzenden Augen an.

Er bemerkte es mit Genugtuung. Jetzt begann die Füllung zu wirken. Die hochgiftigen Blüten der Herbst-

155

zeitlosen hatte er in zwei Lagen Speck eingewickelt. Rasch verzehrte er seine eigene Roulade und erhob sich dann.

Jetzt fehlte nur noch das Dessert. Jan füllte Pudding in die Schälchen und trug sie zum Tisch. Ein Löffel fehlte, also zurück in die Küche. Doch was war das? Hatte er etwa Skrupel, weil er seine Alte umbrachte? Ein heftiger Schweißausbruch ließ ihn erschaudern. Ihn fröstelte. Er musste sich unbedingt setzen, so schwindlig war ihm mit einem Mal. Als er durch die Tür ins Esszimmer trat, traf ihn fast der Schlag. Elke tauschte gerade mit flinker Hand die Teller.

„Was machst du da? Was soll das?", fragte er und ließ sich auf den Stuhl plumpsen. Seine Hände flatterten vor Schüttelfrost.

Elke kicherte böse. Mit ihren kalten Augen sah sie ihn an. „Du kannst mich nicht hinters Licht führen. Ich weiß genau, was du mit mir machst!", sagte sie. Jan fühlte sich ertappt und starrte sie an.

„Was soll das heißen", stotterte er.

„Du hast dir selbst immer eine größere Portion gegeben. Da habe ich jedes Mal die Teller vertauscht."

Zugabe: Wie ein Regionalkrimi entsteht

Gern lasse ich mir in die Karten schauen und zeige von der allerersten Idee bis zur Schlusspointe, wie eine Geschichte gewachsen ist.

Beginnen wir also ganz von vorn. Das Besondere an Regional- oder Heimatkrimis ist die Heimat, logisch. Eine bestimmte Region, in der der Krimi spielt.

Neben Täter und Ermittler bekommt also auch der Schauplatz eine tragende Rolle.

Was macht einen Ort unverwechselbar? Gibt es regionale Speisen oder Getränke, die im Krimi vorkommen könnten?

Was erkennen die dortigen Bewohner und auch Touristen, die schon einmal dort waren, auf Anhieb wieder?

Was lockt Ortsunkundige vielleicht sogar dorthin?

All das sollte im Krimi vorkommen.

Ich wohne in Hamburg und kann mit dem Regionalticket bequem viele Orte in Niedersachsen, Mecklenburg und Schleswig-Holstein erreichen.

Seit ich für Zeitschriften Regionalkrimis schreibe, hängt in meinem Arbeitszimmer außerdem eine Landkarte von Norddeutschland. Sie ist gespickt mit Plastikfähnchen.

Jede rote Fahne deutet auf einen Ort des Verbrechens. Von Sylt im Norden bis Bad Pyrmont im Süden: Alle Krimis dieses E-Books sind dort zu sehen.

Picken wir uns einen heraus: Bad Pyrmont: Juwelenraub im Grand Hotel.

Wie kam es zur Idee und wie wurde aus der Idee ein fertiger Krimi?

Es begann mit einem Kurztrip. Im Internet hatte ich ein Schnäppchen geschossen: drei Übernachtungen im Hotel „Steigenberger".

Gleich am ersten Morgen, beim exklusiven Frühstücksbüfett, hörte ich den Satz, mit dem mein Kurzkrimi „Juwelenraub im Grand Hotel" beginnt. „Jetzt schmeckt der Lachs gleich noch besser!"

Die Dame, die ihn sagte, sprach großzügig dem Sekt zu. Aha.

Ihr Satz setzte sich in meinen grauen Zellen fest und zündete eine Idee.

Was wäre, wenn …?

Was wäre, wenn … die Dame belauscht wird?

In meinem Kopf begann es zu rattern. Und schon stattete ich die alte Dame, die den wesentlichen Satz gesagt hatte, mit reizvollen Klunkern aus. Glitzernde Juwelen!

Damit stand schon einmal das Verbrechen fest: Juwelenraub.

Opfer und kriminelle Handlung hatte ich gefunden, das war schon mal die halbe Miete.

Fehlte nur noch ein Täter, der diese Klunker stehlen sollte.

Einer? Zu wenig.

Ich brauche im Krimi ja Dialoge, um die Figuren zu charakterisieren und die Handlung voranzutreiben.

Also: ein Paar.

Die Namen waren schnell gefunden: Boris und Katja.

Jung sollten die beiden sein. Jung und gierig.

Boris will Katja was bieten, damit er sie nicht wieder verliert.

Das Motiv für die Tat war also auch klar: Geldgier.

Da ich in diesem Krimi nah am Täter sein, also keinen Ermittler-Krimi schreiben wollte, brauchte ich keine weiteren Verdächtigen.

Ich konnte mich nun ganz auf den Täter und sein Liebchen konzentrieren. Und natürlich auf Bad Pyrmont, den Ort des Geschehens.

Was gibt es dort Besonderes, das die Bad Pyrmonter sofort wiedererkennen. Was Lesern, die noch nie dort waren ein Oh und Ah entlocken könnte?

Der Kurpark? Na ja, die alte Dame würde gut dorthin passen, aber mein gieriges Gangsterpaar hatte anderes vor …

Boris zeigt Katja die Dunsthöhle. In Bad Pyrmont eine ganz besondere Attraktion, die ich selbstverständlich ganz genau in Augenschein nehmen musste.

Nach meinem Besuch dort stand fest: In der Dunsthöhle sollte Boris zum ersten Mal zeigen, was als Dieb in ihm steckte.

Der nächste Höhepunkt der Handlung wäre dann sein Einsatz im Hotel, wo er die wertvollen Juwelen der alten Dame stehlen sollte.

Während ich selbst am Nachmittag am Schreibtisch im Hotelzimmer saß und mit dem Steigenberger-Kuli den Spannungsbogen notierte, war ich so in mein Tun vertieft, dass ich das Klopfen an der Tür überhörte.

Plötzlich stand der Zimmerkellner im Raum und stotterte eine Entschuldigung.

„Ich habe geklopft und gefragt … ich möchte die Mini-Bar auffüllen. Soll ich später wiederkommen?"

Zuerst schreckte ich auf. Dann merkte ich, wie nützlich der Mann für meinen Krimi war.

„Macht doch nichts", erwiderte ich und wies mit dem Arm zur Mini-Bar. „Tun Sie gern Ihre Arbeit."

Ich schaute zu, wie er den Inhalt inspizierte. Jägermeister, Cola und Bier: Alles war noch da. Mit einer Verbeugung verabschiedete er sich.

Ich grinste in mich hinein und dachte: Wenn der wüsste!

Nun konnte ich loslegen. Laptop her und ran! Meine Finger flogen nur so über die Tasten. Alles klappte wie am Schnürchen.

Die alte Dame würde ich zum Bridge schicken, Boris würde sich eine Schlüsselkarte bei den Zimmermädchen „besorgen".

Zur Tarnung mimte er den Zimmerkellner und hatte ein Mini-Bar-Tablett dabei.

Doch irgendwann stockte mein Schreibfluss.

Kurzkrimis müssen eine Pointe haben. Manchmal habe ich diese von Anfang an im Auge, diesmal sollte sie sich im Laufe des Schreibens entwickeln. Doch es hakte.

Also Bestandsaufnahme: Was war schon klar?

Boris hatte einen guten Plan, wie er die Klunker stehlen würde.

Sollte er es schaffen? Ja!

Wo kam aber dann die überraschende Wendung her?

Ich brauchte eine Idee.

Also, raus aus dem Zimmer! Runter in den Kurpark, die Gehirnzellen in Bewegung setzen.

Das Gute an unseren Gehirnen ist: Sie arbeiten an offenen Baustellen weiter, auch wenn wir längst an etwas ganz anderes denken. Es klappt immer, mit der Zeit weiß ein Gehirn, woran es arbeiten muss. Arbeitet es

161

gut, bekommt es ein Dankeschön. Ja, wirklich: Ich sage zu meinem Kopf „Dankeschön, dass du mal wieder so gut für mich gearbeitet hast!" (Lob erhöht die Leistung)

Während ich also durch den Kurpark spazierte, wurden in meinem Oberstübchen alle Register gezogen. Aber davon merkte ich noch nichts. Es begann zu regnen. Zeit, ins noble Hotelschwimmbad zu gehen.

Die Lösung kam dann ganz plötzlich.

Ein Blick auf eine alte Dame, die mit emporgerecktem Kopf durchs Wasser pflügte, um ihre weißen Löckchen trocken zu halten. Am Hals schimmerte eine Perle. Ob die wohl echt war? Echt? Echt! Das war es: Die erbeuteten Juwelen sollten unecht sein! So euphorisch wie in dem Moment, als die Krimipointe aufblitzte, bin ich nie zuvor in 28 Grad warmem Wasser geschwommen. Ich musste jetzt nur noch eine packende Schlussszene beim Hehler-Juwelier schreiben. Halt: Was wäre, wenn er gar kein Hehler war, sondern ein ehrlicher Mann, der die Polizei benachrichtigt? Damit hatte ich sogar eine Doppelpointe. Erst die derbe Enttäuschung für Boris: die unechten Klunker. Er sollte es selbst herausfinden, damit hatte ich mehr Action im Krimi. Also Hammer her und draufschlagen … dann die Verhaftung.

Armer Boris, arme Katja … Reiche Autorin, die einen Krimi verkauft.

Während des Schreibens fielen mir noch ein paar weitere Highlights ein. Ich hatte einmal gelesen, dass man aus der Asche eines Menschen Diamanten herstellen kann. Ein leicht makabres Extra für meinen Krimi: So konnte die alte Dame mit dem toten Ehemann am Finger zum Bridge gehen.

Die Stufen zum Spelunkenturm war ich im Urlaub selbst hinaufgestiegen und habe genau gezählt: 139. Total verschwitzt, genau wie Katja …

So kommt ein Detail zum anderen, die Geschichte bekommt immer mehr Speck auf die Rippen. Wenn sie dann schließlich fertig ist, hat man als Autorin ein gutes Gefühl.

So einfach ist es.

Halten wir kurz noch einmal die Stationen eines Regionalkrimis fest:

Wichtig zuerst: der Tatort (Lokalkolorit)

Welches Verbrechen passt zur Region?

Man braucht einen zündenden Funken, eine Idee.

Opfer/Täter/Ermittler: Wer bekommt die tragende Rolle?

Von der Idee zur Handlung: erste Szenen

Verdächtige Personen: persönliche Merkmale, Hintergrundinfo

Spannungsaufbau: Das Verbrechen wird geplant

Perspektive: Ganz nah am Ermittler oder am Bösewicht?

Schluss: Ach herrje! Es kommt alles ganz anders als geplant, die überraschende Wendung, Schluss-Pointe.

Viel Spaß beim Schreiben eines eigenen Krimis
wünscht
Carina Simon